U0062288

Leonora Carrington

［墨西哥］莉奥诺拉·卡林顿↓著

郑楠↓译

在深渊

Down Below

GUANGXI NORMAL UNIVERSITY PRESS
广西师范大学出版社

·桂林·

图书在版编目(CIP)数据

在深渊 / (墨) 莉奥诺拉·卡林顿著；郑楠译. —— 桂林：广西师范大学出版社, 2023.8

书名原文: Down Below

ISBN 978-7-5598-5895-5

Ⅰ. ①在… Ⅱ. ①莉… ②郑… Ⅲ. ①回忆录 – 墨西哥 – 现代 Ⅳ. ①I731.55

中国国家版本馆CIP数据核字(2023)第044868号

著作权合同登记号桂图登字: 20-2022-260 号

ZAI SHENYUAN
在深渊

作　　者：（墨西哥）莉奥诺拉·卡林顿

责任编辑：彭　琳

特约编辑：苏　骏　夏明浩

装帧设计：汐　和　at compus studio

内文制作：常　亭

广西师范大学出版社出版发行

　广西桂林市五里店路 9 号　邮政编码：541004

　网址：www.bbtpress.com

出版人：黄轩庄

全国新华书店经销

发行热线：010-64284815

北京华联印刷有限公司印刷

开本：787mm×1092mm　1/32

印张：4.5　字数：60 千

2023 年 8 月第 1 版　2023 年 8 月第 1 次印刷

定价：52.00 元

如发现印装质量问题，影响阅读，请与出版社发行部门联系调换。

目 录

Down Below 在 深 渊

contents

目 录

contents

在逃离讲求实业的殷实家庭这件事上，青年时期的莉奥诺拉·卡林顿便决心已定：在一幅早期自画像中，一匹白马（一个在其作品中反复出现的另我）从画中人身后的窗户跃出；与此同时，一条乳房正溢出乳汁的母鬣狗（另一个动物分身，另一个灵魂姊妹）温顺地走到艺术家手边。身为艺术品鉴大师和超现实主义艺术家赞助人的爱德华·詹姆斯，将当时仅是学徒画师的莉奥诺拉形容为"一名冷酷无情、誓将反叛其祖国一切虚伪之事的英国知识分子"。1936 年，就读于伦敦奥占芳美术学校的她已开始探索内心世界，探索"入眠前的幻象"——当意识和无意识融合于半梦半醒之间时，这幻象便会呈现在她眼前；而在当年于伦敦举办的第一届国际超现实主义展览上，她立即意识到，自己与这场艺术运动有着不解之缘。此前，卡林顿的母亲送过她一本赫伯特·里德汇编的《超现实主义》（*Surrealism*）。在展览上，她看到了曾作为此书配图、由马克斯·恩斯特创作的集合艺术绘画《两个被夜莺恐吓的孩子》（*Two Children Threatened by a Nightingale*），据她说，这件作品击中了她的心。几十年后，她依然记得当时的感受："体内，在燃烧；你知道某个事物真正打动你时是什么感觉，就像在燃烧。"

在那个艺术界群星璀璨的时代里——有阿希尔·高尔基、梅雷特·奥本海姆、李·米勒、乔治·德·基里科——出生于 1891 年的马克斯·恩斯特似乎显得有些黯然失色，彼时却被奉为偶像：据安德烈·布勒东这位超现实主义万神殿的至高仲裁者说，恩斯特是"我们这个时代脑袋里闹鬼闹得最绚烂的天才"。恩斯特是"鸟王子洛普洛普"，是超现实主义运动的"至尊巨鸟"，他那轻松自如的欢快及艺术创新的残酷，他那储满幻想仓库、即兴发现新媒介和新方法的无限能力，如日食一般令其他所有人的声望相形失色。恩斯特实现了布勒东在《超现实主义宣言》中倡导的信条："任何神奇之物都是美的，实际上，只有神奇的才称得上美。"

莉奥诺拉·卡林顿与马克斯·恩斯特相遇时，她十九岁，他四十六岁；在他看来，她仿佛从超现实主义梦境中被直接召唤而至，满足了人们对女囡（femme-enfant）的所有幻想——所谓女囡，即被用作介质的幼童，帮助情人激发想象，将对方推向更新鲜、更有力的幻象。相信青春具有洞悉的官能，相信年轻女囡切近神秘与性——这两个"相信"，构成了超现实主义信条的核心。在出版于1937年（即两人相识同年）的虚构类探险故事《疯狂的爱》（L'Amour fou）中，布勒东给刚出生的女儿写了一封信："请让我相信，到那时（指女儿十六岁生日之际）你将做好准备，去展现女性的永恒之力，我唯一曾俯首称臣之力。"对布勒东来说，女囡是救世者，因为"在我看来，在她身上，且只有在她身上，另一种视野的棱镜得以在某种绝对透明的状态下栖息。我们之所以如此固执地将其拒之门外，是因为它遵循着截然不同的法则，而雄性暴政必须不惜一切代价防止它被公之于世"。女囡是"美妙绝伦的导磁体"，是"唯一有能力找回那个野性时代的人"。在自传性文集《绘画之外》（*Beyond Painting*）中，恩斯特回忆起那些少女如织的梦境，还提到他的拓印和拼贴创作如召唤魂灵般引来"宁芙仙女厄科"、"忧虑，我的姊妹"以及"梦想加入加尔默罗会的小女孩"马塞利娜-玛丽[1]等想象中的人物。在为莉奥诺拉的短篇小说《恐怖之家》撰写的前言中，恩斯特说她是他所欲求的"风之新娘"的化身，早在十一年前便出现在了他的组画《自然史》（*Histoire naturelle*）中。

两人相识后几乎立即前往巴黎；直到四十年之后，她为了出席母亲的葬礼才回到英格兰，也是仅有的一次。

抵达巴黎后不久，莉奥诺拉首次携画作参加

---

[1]　三者均为恩斯特画作中的形象。

展览，同时展出的还有恩斯特发表于 1934 年的拼贴图像小说 [1]《一周美意》（*Une Semaine de bonté*）的原稿：画稿中是一个模样俊俏、性格恬静的年轻女主人公，不断遭到洪水与骚乱、烈火与侵犯的搅扰，顽皮而熟稔地戏仿了维多利亚时期的低俗怪谈式爱情小说。在这组图像以及之前的同类作品《百头女人》（*La Femme 100 têtes*）[2] 和《梦想加入加尔默罗会的小女孩》（*Rêve d'une petite fille que voulut entrer au carmel*）中，恩斯特嘲讽了被天主教主导的童年里那些仪式和戒律——受难周、《雅歌》中爱的言语、殉道故事。莉奥诺拉与恩斯特经历相似，她在天主教家庭中长大，却以恶作剧式的渎神为乐，令思想保守之士大惊失色。

这对恋人在巴黎租了一套公寓，但一方面，他们和玛丽-贝尔特·奥朗什的关系剑拔弩张——她

1　原文为"collage novel"，此处指主要由恩斯特开创的一种类似当下图像小说的形式，通过收集、剪切、粘贴 19 世纪插画等作品进行的再创作，而非纯文字类的文学作品。

2　这幅画的法语名隐藏了一个双关，念出声来时，既可指《百头女人》（*La Femme cent têtes*），也可指《无头女人》（*La Femme sans têtes*）。

作为恩斯特法定配偶的身份不可动摇，且当时也住在巴黎，另一方面，超现实主义运动内部因政治分歧产生嫌隙，两人被迫南下。1938年春，他们离开巴黎，莉奥诺拉由此在圣马丹-达代什的村庄里开启了一段短暂但稳定的生活。她制作雕塑、画画、写作——用古怪的法语写短篇奇幻小说。她第一部出版的作品问世于1938年，也就是那本名为《恐怖之家》的艺术家小册子，书中文字的拼写和语法未经改动（恩斯特在序言中赞美其"语言优美，真实而纯粹"）；另外，书中的插图是恩斯特具有鲜明个人风格的拼贴作品，创作的材料取自杂志版画。她的第二部短篇小说集《椭圆女士》于次年出版，收录了莉奥诺拉的几个行文简洁但令人难忘的故事——《舞会新秀》《恋人》《皇家命令》《萨姆·卡林顿叔叔》，书中新颖奇特、故作正经的配图再一次由恩斯特操刀。

这些故事带着莉奥诺拉独一无二的语调，它单纯又乖张，滑稽又致命，透着恐怖故事大师们笔下那种冷面无辜。她的句法简洁，叙事结构干脆连贯，这两个特质加强了她声音中那种犯罪的快感："她在吸血，吸了好几分钟……她仰起头，如雄鸡般啼叫起来。随后，她把女仆的尸体藏进了某个柜子的抽屉里。"[1] 此等文字表现力归因于莉奥诺拉有限的法语水平，她只是跟着一位法国女家庭教师以及在英语教会学校学了些法语。但语言的生疏感并未折损她的文风，反而凸显了她自然率真的知觉，让一众超现实主义者为之着迷。

莉奥诺拉后来承认，作为伴侣的恩斯特赋予过她许多灵感，两人共同发现了一种新的生活方式；他可以把一切事情变为游戏——烹饪、清扫房屋、园艺。关于那段日子的回忆录里记载了郊游、盎然的兴致、恶作剧（其中不乏若干被传为佳话的超现实主义"壮举"——比如，莉奥诺拉趁一位客人睡觉时剪了他的头发，并把碎头发撒到煎蛋卷中"提鲜"；又比如，用墨鱼汁将西米染黑，然后放在铺有碎冰、以柠檬点缀的盘中，假装是鱼子酱，以

1　引自卡林顿的短篇小说《姐妹》，收录于简体中文版小说集《椭圆女士》中。

此招待一位登门拜访的收藏家）。虽然她日后拒绝怀念，甚至拒绝回忆，但有一次她还是不小心袒露道，"二战"爆发前的这段日子，是"天堂般美好的时光"。

那间小小的普罗旺斯风格的石头农舍，依旧矗立在幽深的阿尔代什河谷之上的一座小山上，位于经洪流切割形成的重重峡谷和自然穹拱地貌东侧。农舍的一面外墙对着未经铺砌的斜坡，墙上身形巨大的奇幻生物由恩斯特亲手雕刻：一个瘦高纤长的年轻女人，头顶一只鸽子和一条鱼，左手举着蜷着身子的猫状图腾；在她旁边，一个长了鸟喙、教士模样的巨怪高举双臂，而一个身材矮小些的带翼魔鬼正在前者下方的墙上跳舞。屋子后面的残墙上刻有一匹马的局部，露台石雕栏杆处还有一匹狰狞露齿的白马。不难看出，那个长有鸟喙的巨人就是恩斯特的另我——"鸟王子洛普洛普"，而那作为他伴侣的神话般的超现实缪斯，其原型便是莉奥诺拉；在她笔下的意象中，反复出现的马儿代表解脱与力量。庭院的内墙上装饰有浮雕和绘画，但毕竟已过了二十多年，颜色不再鲜亮，水泥和批灰也已斑驳。

然而，恩斯特身上那份唯我独尊的自负（据佩姬·古根海姆[1]讲，因旁人说拿破仑比他更有天分，恩斯特大为光火），再加上极具胁迫性且残忍的超现实主义性幻想，给莉奥诺拉在彼时写作和绘画的许多场景注入的恐怖程度，超出了普通恐怖故事的范畴。在短篇小说《鸽子飞》中，塞勒斯坦·德·艾兰斯-德鲁穿着条纹袜子和羽毛大衣；1945 年，莉奥诺拉为恩斯特画肖像时，给他安排的就是这套装束。故事里的男人既不荒诞，也不温柔，是个令人恐惧的吸血鬼。他要求叙述者为他的亡妻画一幅肖像——后来发现，所谓的亡妻就是叙述者本人。艺术成为死刑判决，或者至少预言了日后的致命结局。

虽然他们一起改造了圣马丹-达代什的住所，但恩斯特并没有像鼓励莉奥诺拉写作那样鼓励她作

---

1 佩姬·古根海姆（Peggy Guggenheim, 1898—1979），美国艺术收藏家，发掘、赞助了许多被后世奉为大师的艺术家。

画。背后的原因不难想到，或许也并不偏颇：栖居在她的故事里对恩斯特更加有益。显而易见的是，他那个时期的作品融入了诸多卡林顿的独创主题——马头人、穿越崎岖地貌和丛林景观的旅途（灵感来源于她幼年时期读过的童话）、满头鬃毛的年轻女子、瘦骨嶙峋的食尸鬼。

这位比莉奥诺拉年长、成年生活的大部分时间处于已婚状态的画家（玛丽-贝尔特是他的第二任妻子），期望莉奥诺拉不仅是女囡，还是女佣，期望她为成群的宾客服务：这些人从巴黎、伦敦和其他地方蜂拥而全，留在这里交谈、玩耍、打扮、争吵、戏弄彼此、探索、宴饮——这座宅子有自己的葡萄园。有这么一组照片，是李·米勒在和罗兰·彭罗斯一同到访时拍的。照片中，莉奥诺拉在厨房里，身穿一件蕾丝上衣和一条长裙，是恩斯特的"宠物"（后来，古根海姆刻薄地如此称呼道）之一莱昂诺尔·菲尼[1]在巴黎的跳蚤市场买的。在同一张印样中，

---

1 莱昂诺尔·菲尼（Leonor Fini, 1907—1996），阿根廷超现实主义画家、设计师。

恩斯特轻抱着他的娃娃新娘，笑容满面。从莉奥诺拉镇定的眼神和使劲歪头的模样里，能明显看出她正竭力坚守阵地，但那并不容易，因为她身不由己地深陷其中——穿着借来的衣服摆造型，被赋予了新的语言，被选中扮演她那年老情人光艳撩人而羞涩的幼妻。菲尼在那段时期的几件作品中画过莉奥诺拉，将其演绎为身穿黑色铠甲、投身于神秘仪式的拉斐尔前派 [1] 风格的圣女贞德。

逢场作戏、锦衣华服、角色交互（不论是后天习得还是先天预设的角色）——这一切都影响着故事中的奇幻变形：在莉奥诺拉早期的一则故事 [2] 中，阿拉贝尔·佩加斯穿着"完全用猫头缝制的长裙"，代表恐惧（Fear）这一永生形象的另一面，莉奥诺拉想象自己曾进入过恐惧的宅子。她的幽默总带有哥特气质，但这恐怖朝向真实、持续的经历。在这方面，她让人想起玛丽·雪莱，后者同样幻想不可

1　1848 年在英国兴起的艺术改革运动，呼吁绘画应该重拾拉斐尔时代之前的风格。

2　指短篇小说《悲伤消沉或阿拉贝尔》。

能之事，经历浪漫主义风潮并存活了下来。

1942 年，卡林顿致敬恩斯特的画作在纽约刊载于超现实主义杂志《风景》（*View*）上，传递了一种含混不清的态度。在该作品中，她通过"至尊巨鸟"这个形象令恩斯特跃然纸上。巨鸟抓住恐惧，身披厚绒兽皮，蹄如白色蝙蝠："'至尊巨鸟'将恐惧的尾巴绑到火焰上，将他长满羽毛的双臂蘸入颜料中。每根羽毛立即以尖叫般的急速涂画出不同的图案……"此番针对艺术创作过程的凶残描绘，也可用于形容莉奥诺拉自身：在她诸多形象梦幻般的抒情之下，被捆住手脚的恐惧躺在地上，竭力挣脱束缚。

在后来的年月里，每当我这样的粉丝对她早年的生活表现出强烈的好奇心时，她都会生气。我极少收到她的来信，但她曾给我写过一封怒气满满的信，因为我写的某篇关于她的文章里配了这么一张照片：恩斯特满脸幸福，闭着眼靠在莉奥诺拉的肩膀上。对她来说，那段日子早已过去，但中间这几十年的创作没得到应有的认可，让她很不高兴。

"很多人想让我成为八卦谈资，"她说，"但让任何人成为八卦的对象，都失去了意义。"

　　在莉奥诺拉出生的 1917 年，卡林顿一家住在兰开夏郡的一座名为"克鲁克基府"的豪宅中。虽然他们在十年后离开那里，搬到了一座相对低调的宅子，但正是克鲁克基（在她的短篇小说中叫"克莱克伍德"）以及其中的园丁、猎手、女佣、"卫生间的哥特式建筑"，为莉奥诺拉提供了主要原材料，以构想她作品中用于囚禁、压制、惩罚的诸多场地，包括那座位于西班牙的疯人院及其周遭，《在深渊》中绘有其地图。

　　莉奥诺拉的父亲哈罗德是一位纺织业巨贾。他将家族企业卡林顿棉业卖给了大型工业公司考陶尔兹，由此成为帝国化学工业公司的主要持股人。哈罗德的父亲曾是名棉纺厂工人，他发明了一种新式织布机附件，并成功获得了专利，显露出在发明创造方面的天资。这项专利推动了"维耶勒"（Viyella）

的生产：那是一种柔软的棉毛混纺斜纹织物，以保暖、轻便、耐用等优良品质著称，因此每个英国孩子对这种织物都很熟悉。

卡林顿一家是北方人，崇尚实业精神，行事粗犷但高效。"你知道我父亲最像什么吗？"莉奥诺拉曾评价道，"黑帮分子。"和父亲形成鲜明对比的，是隶属于穆尔黑德家族的母系亲属，他们是爱尔兰人，信奉天主教，性格随和，且对魔法与民间传说感兴趣。莉奥诺拉的母亲梅丽是一名来自韦斯特米斯郡的乡村医生的女儿；据莉奥诺拉说，母亲是一位"彻彻底底的神话学家"，会杜撰关于家族成员和血缘脉络的各种逸事，被她攀上亲戚关系的名人遍布天南海北，从小说家玛丽亚·埃奇沃思到奥地利皇帝弗朗茨·约瑟夫一世，形形色色。莉奥诺拉还记得这位被杜撰为家族"祖辈"的皇帝的画像。梅丽会大声朗读她最爱的爱尔兰作家詹姆斯·斯蒂芬斯的作品，哈罗德则对 W.W. 雅各布斯的怪诞故事青睐有加，比如《猴爪》这类的哥特短篇小说。斯蒂芬斯在小说《金坛子》（*The Crock of Gold*）中营造的那种天马行空、古灵精怪的氛围，有时会在莉奥诺拉的笔下重新显现；雅各布斯笔下令人毛骨悚然的黑魔法和英式热忱的融合，她同样会借鉴。她还汲取了英格兰和苏格兰儿童文学中将胡诌、寓言主义（fabulism）、喜剧和神秘主义相混合的写作手法（例如比阿特丽克斯·波特、刘易斯·卡罗尔、爱德华·李尔、乔治·麦克唐纳）。莉奥诺拉的爱尔兰保姆叫玛丽·卡瓦纳，是一名狱警的女儿，莉奥诺拉从她嘴里听来的鬼故事数量最多。玛丽在十六七岁时作为缝纫女仆进入卡林顿府。（在其中一个版本的《在深渊》里，莉奥诺拉将她的保姆形容为"我的乳母，一直陪伴在我身边，直到我满二十岁"。）正是这名保姆被莉奥诺拉的双亲派去将她从西班牙接回来。她乘坐一艘军舰（按传统应乘潜水艇，可是……），在船舱里经历了恐怖的两个星期才到达，却发现她疼爱的小姐被关进了疯人院。她原本打算带莉奥诺拉去南非等战乱结束，但事与愿违，拯救计划失败了，因为莉奥诺拉擅自逃到葡萄牙，后来去了美国（现在讲这段日后的经历还为时过早）。

莉奥诺拉倾向于忽略自己优渥的家庭背景，更愿意提起"穆尔黑德"这个姓氏的吉卜赛渊源。尽管如此，依照英国上层阶级的惯例，她被送到寄宿学校，但未能在那里安顿下来。在兰开夏郡主教的帮助下，她又被转送至另一所天主教学校，即位于伯克郡阿斯科特的圣玛丽修道院。可她写字时左右手同时开工的架势（左手反向写，右手正向写）让修道院的修女们感到十分不安；后来，她也同时用左右手作画。再次被学校赶走的莉奥诺拉前往意大利，期望在位于佛罗伦萨多纳泰罗广场的彭罗斯小姐美术学院"结业"。正是在那里，她开始观赏萨塞塔[1]、弗朗切斯科·迪·乔治、乔瓦尼·迪·保罗、弗拉·安杰利科等 14、15 世纪托斯卡纳大师们的作品；日后，这些艺术家将形塑她的艺术视野，激发她与超自然的亲近感、她按照特定顺序写作的叙

1　即斯特凡诺·迪·乔瓦尼（Stefano di Giovanni，约 1392—1450），
　　锡耶纳画派重要代表人物。

事、她对蛋彩画[1]画法的运用，以及她对辰砂、朱红、赭土、大地色和金色的偏爱。

莉奥诺拉回到英格兰，决心成为一名艺术家，她父亲却认为绘画是"糟糕且愚蠢"的行当："正常人谁搞艺术，"她记得父亲这么说，"你要是搞了，说明你不是穷鬼就是同性恋，这两件事差不多，都是犯罪。"因此，她被迫"走出闺门"，也就是完成在英国名流社交季"抛头露面"的任务——这是她所属阶层的另一个传统；莉奥诺拉的父母为她在伦敦丽兹酒店举办了一场华美炫目的舞会——在现存的一张光彩照人的正式照片中，莉奥诺拉身穿白色绸缎长裙，发髻饰有同色的百合花，于英王乔治五世在位最后一年在宫廷觐见，开启她的社交季。她原本注定会过一辈子富足却乏味的生活。

上述经历如梦魇般在莉奥诺拉笔下的短篇小说中回归，尤其是那篇《舞会新秀》。尽管遭到父亲的强烈反对，她仍坚持回到艺术学校，并在奥占

1　蛋彩画（tempera）是将蛋液混入颜料中作画的一种技法，作品可长久保存，不易剥落。

芳美术学校就读。

普罗旺斯这个"天堂"里的魔咒很快被打破：莉奥诺拉讽刺道，"马克斯的生殖责任"将他带回了巴黎；不久，战争爆发，德国入侵，法国沦陷。她在当时正在写的故事中重现了这些孤独与挣扎的时刻，其中便包括中篇小说《小弗朗西斯》（*Little Francis*）；这些故事对她所处的危险发出了强烈的警告信号，并且展现了她不可抗拒的创造力在抵御绝境时的作用。她曾因好奇而步入恐惧之屋，但从未料到其大门会如此绝情地在她面前关上。

恩斯特把莉奥诺拉留在圣马丹-达代什、独自去解决婚姻问题的那个冬天，在当地经营咖啡店的阿方西娜将她收留。莉奥诺拉坦白道："我觉得他不会再回来了，也不知道自己将去哪里。我像是一个怪物。至少我感觉像是某种杂耍动物，一只被套了鼻环的熊。我是他们口中的英国女人。那家之前门可罗雀的咖啡馆，突然变得热闹起来。"莉奥诺拉在《小弗朗西斯》中首次将这段经历改写，并且加入了一个被斗牛士勾引的女人的故事：由于斗牛士有恋鼻癖，女人在鼻子上文了图案，装了鼻环。提及此段经历，莉奥诺拉说："我认为这是在练习死亡。"

1939 年，法国向德国宣战后，恩斯特因被划为敌对的异国分子而遭到逮捕，后被送至拉让蒂埃尔的一座集中营。莉奥诺拉跟着恩斯特去了拉让蒂埃尔，为他提供颜料及其他材料，并向巴黎的权贵朋友游说，希望能保他获释。她和几位联络人最终成功了，恩斯特回到了圣马丹-达代什。次年年初，德国人攻破马其诺防线后，恩斯特再次遭到逮捕——对德国侵略者来说，他是个臭名昭著的不良分子；此前，他的画作《园丁圣母》（*La belle jardinière*）[1] 作为"下流艺术"的典范被纳粹在全国各地巡回展出。这一次，他被关到更为偏远、位于艾克斯附近的莱米勒，还有其他几百个"异国分

1　编者只查到一幅恩斯特创作于 1971 年的同名画作，作者可能记述有误。

子"被一同羁押（其中包括汉斯·贝尔默，他在那儿为恩斯特画了一幅肖像）。为解救恩斯特，莉奥诺拉再次奔赴巴黎，但这次被所有人拒之门外。她回到圣马丹-达代什，再也无力解救恩斯特，同时意识到德国军队正步步逼近，朋友们也在恐慌中四散奔逃，深深的绝望向她袭来，让她备受煎熬，还出现了各种症状，对此，她异常痛心地在《在深渊》中做了描述。

最终，在一名英国朋友的帮助下，莉奥诺拉越过比利牛斯山脉，离开了法国；动身之前，她将宅院以及房内所有物品托付给当地的一个村民看管（恩斯特在最终逃离法国之前，得以辗转回到圣马丹-达代什，却被禁止入内）。在马德里，莉奥诺拉经历了一连串诡异且令人极度不安的事件，随即被强制入院，之后又被转到桑坦德市莫拉雷斯医生的精神病院，接受一个疗程的戊四氮[1]药物注射治疗；药物导致她出现极为严重的癫痫发作症状。

无论经历苦难的代价有多大，莉奥诺拉坠入

1　别名卡地阿唑，是一种中枢兴奋药。

癫狂这件事，反而将她神化为超现实主义女英雄。兰波追寻的"感官错乱"并未带来启蒙的"突破"，这正是超现实主义神奇观承诺过的，《在深渊》则将这种矛盾反映了出来。"经历过《在深渊》中所述的事情之后，我变了，"莉奥诺拉回忆道，"脱胎换骨的变化。就像是去鬼门关走了一遭。显而易见，我的精神被控制了。马克斯被带去集中营时，我难受极了，陷入了紧张症的状态中；我感受到的痛苦也不再是普通人类维度的痛苦。我身处另一个地方，那里相当不同。相当不同。"

玛古什·菲尔丁（20世纪40年代在纽约与阿希尔·高尔基结为夫妻）曾讥讽道："超现实主义有害健康。我认为没有人会将它视作解药。超现实主义就像是剔鱼骨，把原本普普通通之人的脊梁骨剔除。马克斯·恩斯特曾经可是强壮如牛。"莉奥诺拉时常提及自己感受过以及持续感受到的"恐怖"；虽然她很幸运，再没有与《在深渊》中那种持续发作的疯癫交锋过了，但她依然害怕会旧疾复发。

1987年，莉奥诺拉回忆了当年逃离西班牙的经历，后被整理成文，在此作为后记附在1943年版的《在深渊》中。她出逃时已和雷纳托·勒杜克结婚，勒杜克是一名墨西哥外交官，此前在巴黎经毕加索介绍同莉奥诺拉相识——勒杜克是毕加索的斗牛运动伙伴。与此同时，古根海姆正在积极营救多位超现实主义艺术家，包括之后令她痛苦地陷入爱河的恩斯特；古根海姆带着恩斯特逃到里斯本，同行的还有她前夫劳伦斯·韦尔、韦尔的现任作家妻子凯·博伊尔，以及各段婚姻带来的六七个儿女；此行是为了搭乘首架跨大西洋客机"飞剪号"。恩斯特的前妻、为他生下独子吉米的卢·施特劳斯却未能逃离；1944年6月30日，她登上最后几班大屠杀列车中的一列，从巴黎的一座拘留营被遣送至奥斯威辛。

马克斯和莉奥诺拉在里斯本再次相遇；她后来回忆说，当时刚刚经受过各种苦难的她，终于得以挣脱"洛普洛普"施加在她身上的魔咒。古根海姆在回忆录中评论道："天晓得她是怎么从那个地方（精神病院）逃走的，不过成功逃离之后，她在里斯本遇到了那个墨西哥人，他照顾着她。对她而言，他就像是一位父亲。而马克斯从来都像个孩子，无法做任何人的父亲。我想，她觉得自己急需一位父亲，好给她带来一些安稳，防止她再次陷入疯狂。"

提起古根海姆，莉奥诺拉总是很热情，称赞她格外慷慨大方；虽然恩斯特对莉奥诺拉显而易见的依恋让古根海姆十分痛苦，她还是主动提出要承担莉奥诺拉的路费，他们可以一起坐飞机前往纽约。莉奥诺拉拒绝了这个提议。1941 年 7 月 13 日，当古根海姆一家离开里斯本时，"我们从莉奥诺拉和她丈夫开往纽约的美国客船上空飞过"。

抵达纽约后，他们继续密切来往：超现实主义流亡者们发行了各种报纸、期刊（比如《VVV》和《风景》），并在古根海姆的资助下举办展览。莉奥诺拉的艺术风格开始变化。她曾在马德里的普拉多博物馆和里斯本看到过博斯[1]的作品；只要看过她作品的人便会知道，博斯的作品对她影响深远。

1　指耶罗尼米斯·博斯（Hieronymus Bosch，约 1450—1516），尼德兰画家，被认为是超现实主义艺术的先驱之一。

博斯画的是"作为我们所有人居所的想象空间"，莉奥诺拉感到，随着人年龄的增长，这个空间的统治地位会变得愈发重要。"二战"期间，莉奥诺拉创作成熟期那种富于繁复幻象的风格已发展成型，她的画板充斥着梦境、想象中的生物、冒烟的火山和浮冰。莉奥诺拉在这个时期创作的那幅恩斯特画像，似乎是在回应后者1940年的巨制《新娘的长袍》（*The Robing of the Bride*）；莉奥诺拉画中的人物身披美人鱼尾样式的斗篷，布满斗篷的红色羽毛呼应着《新娘的长袍》中新娘那件猩红色的羽毛袍子。卡林顿这幅画中的白色独角兽——她的动物分身——出现了两次：一次是被冻在冰天雪地里，另一次被困在恩斯特手中的玻璃灯笼里。恩斯特又画了一幅画像作为回应，名为《晨光中的莉奥诺拉》（*Leonora in the Morning Light*），画中的她将触手般的林叶拨开，自丛林中现身；在同一时期，他又画了一幅名为《西班牙医生》（*Spanish Physician*）的作品，画中是一名神似莉奥诺拉的年轻女子，正尖叫着从一只弥诺陶洛斯模样的野兽身边逃离。

20 世纪 80 年代，住在纽约的莉奥诺拉拒绝别人探听他们两位艺术家之间的互动，或探究他们的意象和象征。1987 年，我和她一起参观大都会博物馆时，正巧经过恩斯特的《沙漠中的拿破仑》（*Napoleon in the Desert*，1940），奇怪的是，莉奥诺拉没有发表任何评论。在画中，恩斯特长着马头，站在一块露出地面的岩石上，而在他旁边，一位美丽的新娘刻意同他保持着距离，对他的存在无动于衷。

《在深渊》毫不留情地记述了精神失常的经历。作为一项旨在讲述真相的回忆行为，它从自身的矛盾内核汲取力量：《在深渊》是一部经由理性写作和精确回忆而成的叙事作品，写到了令人毛骨悚然的疯狂之举，以及诱发毁灭性人格病症的残忍科学治疗。布勒东鼓励莉奥诺拉将这段经历记录下来；在他看来，这位英国艺术家、狂野缪斯、女囡实现了超现实主义最渴望实现的理想之一，即现代社会的溃退、抵达理性彼岸的航行。在为恩斯特的《百头女人》撰写的前言中，布勒东提及"我们想获得绝对迷失的意志"。莉奥诺拉便是娜嘉再世：那个布勒东笔下自深渊返回的女主人公，受疯狂的爱利用，同时也是其受害者。她真实地经历了布勒东和保罗·艾吕雅在 1930 年合著的《圣母无染原罪》（*L'Immaculée Conception*）中竭力模拟的那种癫狂，尽管他们对疯癫的演绎后来赢得了雅克·拉康的赞赏。

《在深渊》是作者的事后评断；也正因如此，它与她早些时候在事件发展过程中写的许多小说不同。《在深渊》的创作手法和风格偏向写实，以日记的形式呈现，是一次独特的纪念之举，细节丰富到令人难以置信；它在记录中融合了清醒的记忆与迷幻的癫狂，而这份记录既是一位艺术家和画家不懈劳作的成果，又是一份随意的患病自述。书名呼应了神话和文学作品中的冥界之旅（例如陀思妥耶夫斯基和兰波的作品，以及她在经历宗教教育后熟知的经典文学先行者的创作），但与此同时，深渊也被描绘为一个真实存在的安全之地，一座位于精神病院高墙内的庇护所，一个作者梦想前往的地方——因为那里没有恐怖的治疗（令人疼痛难忍的戊四氮针剂注射）。作为一份对癫狂的证言，它被预言性的启悟和严重的心理失衡一分为二。在同类作品中——卡尔·荣格的《红书》、丹尼尔·保罗·施雷伯的《我的神经症回忆录》（*Memoirs of My Nervous Illness*），以及亨利·米肖的《悲惨奇迹》（*Miserable Miracle*）——《在深渊》可谓经典之作，称得上是来自理性彼岸的信息中最残酷的。

　　和莉奥诺拉·卡林顿的某几部作品一样，《在深渊》的成文过程复杂，见证了多段旅程，经历了若干变体。首个版本于 1942 年在纽约完成，用英语书写，篇幅较短；莉奥诺拉拿去给图书出版商珍妮特·弗兰纳看，但令人意外的是，弗兰纳不感兴趣。这一版稿子在莉奥诺拉前往墨西哥时遗失了（对于自己的私人财产，不论是知识产权或是其他东西，她总是一副不食人间烟火的超脱态度）。不过，莉奥诺拉在逃难队伍中认识的朋友皮埃尔·马比勒（他是一名外科医生，和法国超现实主义圈子关系密切）督促她重写文稿。《在深渊》开篇时提及的那个"你"便是马比勒；1943 年 8 月，在她所回忆的事情发生三周年之际，莉奥诺拉开始在墨西哥城废弃的俄罗斯大使馆中口述这个版本，当时她、马比勒和其他难民擅自占据了那里。后来，莉奥诺拉用法语向马比勒的妻子让娜·梅尼昂从头到尾复述了一遍，梅尼昂帮忙确立了首个法语出版稿。超现实主义杂志《VVV》委托维克托·略纳从法语再次译回英语，这本杂志的编辑部位于纽约，主编是大卫·黑尔，马塞尔·杜尚也短暂担任过此职务。《在深渊》发表于《VVV》杂志的 1944 年 2 月刊上，就在她的短篇小说《第七匹马》刊登后不久。大约两年后，在战前就出版了莉奥诺拉故事集的出版商兼编辑亨利·帕里索将文稿在法国出版，这个版本被收录于战争结束后不久便面世的"黄金时代"系列中。

这段在口述和笔录之间、在法语和英语译本之间来回往复的旅程，在一定程度上使得《在深渊》的叙事口吻和莉奥诺拉的其他作品有显著区别。作为精神错乱症之恐怖的见证，作为医学治疗和惊厥性药物疗法的证明，《在深渊》可与若干再现此种绝望境地的自传性虚构作品媲美，例如安东尼娅·怀特的《糖屋》(The Sugar House)、西尔维娅·普拉斯的《钟形罩》和珍妮特·弗雷姆的《水中的面孔》(Faces in the Water)。《在深渊》和莉奥诺拉的中篇小说《石门》(The Stone Door)有诸多神秘的相似之处，但前者仅零碎地展现了她独有的古怪幽默。但说到文学层面，《在深渊》与布勒东极力推崇、并在《娜嘉》和《疯狂的爱》中实践过的自传式记录更为接近；通过追踪日常生活经历，作家－追踪者揭示了由客观机遇引发的奇妙模式，并触及启悟。在冷酷无情之中（虽然《在深渊》会触发读者的同情，但作品本身几乎未展现任何对她或他人的怜悯），这部作品反映了超现实主义对疯癫的狂热膜拜，尤其是对女性疯癫——这被认为是通往隐形世界的另一种导体。

被超现实主义者们奉为偶像的少女诗人吉塞

勒·普拉西诺斯；虽然是罪犯，但同样受到这群艺术家崇拜的女杀手维奥莱特·诺齐埃和莉齐·博登；或是 18 世纪圣梅达尔的抽搐女信徒[1]，以及让－马丁·沙尔科镜头下那些处于绝望和欲望之间、歇斯底里症发作的病人：跟这些人一样，疯癫状态下的莉奥诺拉契合了超现实主义者们逃离资产阶级庸常的理想。她经受的苦难确立了她的神奴地位，一个圣洁而充满肉欲的宁芙仙女，凭借直觉便知晓某些越轨的奥秘；若缺了她的帮助，这些奥秘是那些超现实主义运动的老男人自觉无法企及的。

"右眼的任务是看向望远镜，左眼则要窥入显微镜。"莉奥诺拉在《在深渊》中断言。她那些关乎自身和外部世界（动物、岩石、其他人）关系的经历，与这些词句共享着扭曲的视角：放大的微观世界、投射至遥远界域的细节、以随机模式加密的神秘含义。布勒东将"偶发机遇"这一概念上升为艺术原则；《在深渊》的叙述者记得她在零散场景

---

[1] 圣梅达尔的抽搐信徒（Convulsionnaires of Saint-Médard）是 18 世纪法国的一群会抽搐的宗教朝圣者，后发展为一个教派。

中找到的连贯性，记得她察觉出的阴谋，记得她遇到过的数不清的人——那些人出场的模样，像是一场无法醒来的梦魇中的幽魂。正如维克托·陶斯克[1]的论文《论精神分裂症中"影响机器"的起源》等研究中分析的那样，莉奥诺拉认为，身边的医生及其他人——阴险的范根特、吉利兰先生（她父亲的企业帝国化学工业公司的代理人）、莫拉雷斯家族（指他们父子俩，莉奥诺拉为其中一人画了幅不错的肖像）、皮亚多萨和阿塞古拉多夫人这两名护士、何塞、阿尔贝托——都在使用黑暗力量控制世界，并且对她大加惩罚，因为只有她能洞悉他们的邪恶计划。《在深渊》有力地捕捉到了莉奥诺拉巨大的无力感，以及她那错乱、疯狂的执念：她是唯一洞察真相的人。抵达马德里后，她描述了前往朋友凯瑟琳（正是凯瑟琳帮她越过了比利牛斯山脉）房间的详情："我央求她看着我的脸；我对她说：'难道你看不出来，这就是世界的真实写照吗？'"

1　维克托·陶斯克（Victor Tausk，1879—1919），精神分析学、神经学先驱，是弗洛伊德的学生和同事。

作为叙述者，作者/回忆者在不同视角间流转：她会部署远在天边的恢宏叙事——其身形由此显得渺小；随后，她如刺绣般深入刻画近景细节，将更小的生灵织入整体的纹理中。在那幅桑坦德的精神病院地图中，她渴望前往的避难港"深渊"被一团火焰的光晕包围，她还在苹果树丛附近悉心画了一匹身披马鞍、四脚朝天的马，仿佛被加农炮击倒在地：这是承受着书中所述暴力治疗的莉奥诺拉的自画像？

值得注意的是，卡林顿经常画眼睛不对称的面孔，比如在《祖先》（The Ancestor, 1968）中，或是《鸟抓珠宝》（Bird Seizes Jewel, 1969）中一只眼睛戴着眼罩的花斑狗，以及她于20世纪80年代晚期绘制的几件作品里。她在《在深渊》中描述的那种错乱的意识状态，再未以毁灭性的形式出现（不过，正如我在前文所说，她一直害怕这种情况会发生），然而，出于梦境及表达的目的，她继续栖居于变幻不定的视角和双重视野中，而这两者位于叙述性自我的内部和外部。或者我应该说，这个叙述性自我不止一个？因为她坚信自我是复数的，相信佛教教义中的轮回观（人死后，灵魂会从一具躯体迁移至另一具躯体），并且不论等级，对所有事物均怀有同情之心。《在深渊》中，莉奥诺拉描述了她如何"温和地在山岳、身体和思维之间寻找共识"，如何"经由肌肤……经由某种'触感'语言"和动物对话："当其他人靠近时，那些动物会立刻逃散，我却可以把它们吸引到身边。"

自童年起，莉奥诺拉·卡林顿便是一名探索者，怀有一种对存在的形而上学维度的信仰，因此不断找寻着一份与此契合的神圣经文。她继续让自己沉迷于占卜、魔法、星象以及各种巫术中。虽然她对形而上学无休无止的探索算得上认真，但从未郑重其事地对待过它。她曾一度为炼金术深深着迷，但她为炼金配方表带来的是一抹童话故事里巫师的轻盈奇幻，而非大师的高谈阔论。尽管她坚信会找到"哲人石"之类的东西，可她觉得自己没有能企及神奇事物的特殊力量，也不相信未来能获得这种力量。作为一个表里如一的人，莉奥诺拉能看到自己毕生的追求——不论是俗世的还是宗教的——有可笑和滑稽的一面，但同时又热切地将这种追求坚持下去。她与精神领袖及导师 G.I. 葛吉夫[1] 的一面之缘，启发她在小说《魔角》中创作出"明堂"及其领袖甘比医生的讽刺形象；《魔角》写于 20 世纪 50 年代，英语版于 1976 年面世，是一部喜剧杰作。多年来，莉奥诺拉都是藏传佛教的信徒，曾多次闭关修炼。闭关地点包括苏格兰的藏传寺庙，20 世纪 70 年代初，她第一次和安妮·弗里曼特尔[2] 去了那儿，这也是莉奥诺拉最后一次返回英国。她还曾于 80 年代前往纽约州北部修炼。她欢欣鼓舞地从一系列神秘的象征符号中汲取灵感，产出的图像和谜团与佛教公案高度相似（公案即无法在理性范畴内解答、能触发笑声的谜题）。

离开个人躯体，舍弃固化身份，坠入痛苦深渊：这一切都在《在深渊》中被赋予恐怖的色彩，

---

[1]　G.I. 葛吉夫（G. I. Gurdjieff, 1866—1949），亚美尼亚灵性大师。

[2]　安妮·弗里曼特尔（Anne Fremantle, 1909—2002），美国记者、译者、传记作者。

对旁观者而言，是种种令人强迫性着迷的萨满信仰的状态；莉奥诺拉·卡林顿在《在深渊》中描摹的异象使她跻身于文学和艺术的璀璨星群之中，与威廉·布莱克、兰波、阿道司·赫胥黎、鲍勃·迪伦，以及更近一些的帕蒂·史密斯等天才大师并驾齐驱。

1942年，莉奥诺拉离开了纽约，前往墨西哥。彼时的墨西哥由社会主义政府执政，一项颇有远见且慷慨的举措便是向逃离法西斯魔爪的难民提供公民身份。许多超现实主义者做出响应，齐聚墨西哥城：在这些难民中，有诗人邦雅曼·佩雷[1]和他的艺术家妻子雷梅迪奥斯·巴罗[2]，后来两人和莉奥诺拉成了密友。1938年，布勒东曾到访过墨西哥。他回去后宣称，由于墨西哥有神话般的过去、对死者的膜拜、奇幻的艺术以及令人震惊的景观，

---

1 邦雅曼·佩雷（Benjamin Péret，1899—1959），法国诗人、超现实主义运动重要成员。

2 雷梅迪奥斯·巴罗（Remedios Varo，1908—1963），西班牙裔墨西哥艺术家，1963年因心脏病突发去世。

因此"墨西哥本身就是超现实的"。莉奥诺拉和雷纳托·勒杜克的形式婚姻融洽而友好，勒杜克当时是一名报道斗牛运动的记者——她曾经评价道："一个不错的男人，不太靠谱，但人不错。"不过两人很快便离婚了，后来她嫁给了新闻摄影师伊姆雷·魏斯（大家都叫他"齐基"）。魏斯当年和罗伯特·卡帕一起离开匈牙利，两人在巴黎过了一阵穷困潦倒的日子，后赴西班牙参加内战。从西班牙归来后，随着卡帕的事业愈发成功，魏斯开始在巴黎帮着卡帕管理摄影工作室；德军占领巴黎后，他和许多其他人一样被扫地出门，于是也逃难到了墨西哥城。

莉奥诺拉和齐基育有两个儿子，分别是生于1946年的加夫列尔和生于1948年的巴勃罗：成为人母的经历领着她进入了新的知识领域，她的创造力不但未因此而枯竭，反而得到了强化："我相信，对雌性生物来说，爱的行为——伴随着新生命降生这一戏剧性场景的行为，将我们深深地推进生物的冥界……"将孩子们养育成人的过程，让她重新肯定了造物有灵的重要价值：在长子出生后的第一周，她便绘制了《这爱推动着太阳和其他的群星》（*L'Amor che move il sole e l'altre selle*）[1] 中欣喜的队列。

莉奥诺拉当时在为家里的生计作画，她乐呵呵地向我承认，甚至还会画赝品。一件原本用于电影布景的委约之作，成为一个饥肠辘辘的丰裕美梦："身穿红色长裙的光头女孩将女性魅力与桌上的佳肴结合起来——你会注意到，她正在专心熬制一锅油腻腻的肉汤（我们姑且这么说），食材有龙虾、蘑菇、肥乌龟、春季嫩鸡、熟透的西红柿、戈尔贡佐拉奶酪、牛奶巧克力、洋葱和桃子罐头。这些食材的混合物从锅里溢了出来，在圣安东尼的联翩奇想中呈现发绿、令人作呕的色调；圣安东尼的每日餐食由枯草和温水组成，仅在偶尔放纵食欲时吃上一只蝗虫。"

那段时间里，莉奥诺拉几乎全靠冰激凌果腹，"冰激凌是你能买到的最便宜的食物了"，所以圣安

1　画名出自但丁《神曲》的最后一句。

东尼的奇想带有某种窘迫感（画中的桃子罐头将这一点展示得明明白白）。这幅画让莉奥诺拉赚了两百美元，"在当时可是一大笔钱"。

她在墨西哥遇到了一种新的文化，由印第安信仰与传教士、征服者带来的天主教信仰融合而成；秉承这种墨西哥混合信仰的蓬勃精神，莉奥诺拉想要传递内心的种种愿景，因此，各种绚烂多彩的宗教象征符号在这个时期的创作中大放异彩。"所有宗教都是真实的，"莉奥诺拉曾如此评论道，"但你必须经由自身的渠道才能获知——你可能会遇到埃及人，你可能会和伏都教教徒相见，但为了保持某种平衡，一切都必须让你感到真实。"

在莉奥诺拉的这段高产时期，雷梅迪奥斯·巴罗是她的"同谋"；在她们不知疲倦的创新和探索中，两个女人形成了一对共生体；本着女性主义的探索精神，她们一起写寓言和戏剧，创作关于梦境和神秘旅程的画作。巴罗在这个时期创作的复杂精巧的寓言，揭示了这段友情中难得的意气相投和生活之乐。两人得以在互相激发灵感时将严肃和活泼结合在一起。1963年，五十四岁的巴罗意外去世。莉奥诺拉告诉我，这是她一生中遭受过的最沉重的损失。每当提起这件事，她都悲痛不已。

内在分裂、神秘类同、化身变形均可为想象提供沃土；穿越石门需要许多载体、多元形态以及形变，而不是图腾式的完整性。因此，虽然莉奥诺拉的想象力被赞誉为自成一体、富于原创性且具有个人风格，但她并不接受这种称赞成立的前提——即将艺术个性视为统一的整体。这便是她的个性和她作品的矛盾之处。凭借驳斥西方思想中有关心智健全和自身统一的许多基础论调，她近乎满足了西方世界对*创世天才*的深切渴望。最重要的是，她已成为女性艺术家和女性作家的一盏明灯，一位不论社会设下何种阻碍，都义无反顾地专注于实现自身天赋的模范。卡林顿笔下的年轻母兽们在画作中昂首挺胸、自信骄傲，例如《夜晚抚睡万物》（*Night Nursery Everything*，1947）、《小巨人》（*Baby Giant*，1947）、雕塑作品《猫女》（*Cat Women*，也叫 *La Grande Dame*，1951），以及《随后我们看到了弥诺陶洛斯的女儿》（*And Then We Saw the Daughter of the Minotaur*，1953）。

莉奥诺拉曾广泛阅读炼金术文献，被荣格的追随者们分析，且忠于一种犀利而极具个人特质的理想主义——艺术史研究者贾尼丝·赫兰称其为"秘传女性主义"（esoteric feminism），莉奥诺拉从未全然未蜕下她那无惧权威、恶作剧般的奇妙精神。在莉奥诺拉位于墨西哥的家门上方，她的挚友、收藏家爱德华·詹姆斯写下了"斯芬克斯之家"几个字。用斯芬克斯来形容莉奥诺拉无疑是恰切的，但这只斯芬克斯设置谜语并非为了挫败和毁灭，而是为了激起欢声笑语、打开思想密室的大门；在这间密室中，爱、恐惧及其他激情均占有一席之地。莉奥诺拉曾说："那些令我盲目的图像，我试图将它们从我脑中清空。"从许多方面来说，她也在帮助其他人打破蒙蔽视野的咒语。"具有讽刺性的巫术"：卡洛斯·富恩特斯的这句妙语，将莉奥诺拉恒久不变的多彩想象和声音展现得淋漓尽致。

莉奥诺拉一直安居在墨西哥库埃纳瓦卡的家

中，偶尔会到纽约小住一阵（她从来不坐飞机去，而是坐汽车），直至2011年去世。她已将曾在英国和法国生活的纷扰抛在脑后。莉奥诺拉的舞台剧作《佩内洛普》(*Penelope*，1946)以一种野蛮乐观主义的新调子结尾：女主角骑着她的马儿嗒嗒[1]逃走，她那专制的父亲则自杀身亡。莉奥诺拉曾告诉我，雅各与天使摔跤是她最喜欢的《圣经》故事。"我们必须坚持下去，"她说，"就算天使大喊'放开我，放开我'，我们也不会听的。不会。我们必须坚持下去。"在这个故事的前情背景中，有一架等着人们爬上天堂的梯子，但那时的人世间尚需抗争。在经历了她的作品所记录、转化的那些旅程和磨难后，莉奥诺拉·卡林顿坚持了下来——她时而笑得邪魅，时而战得癫狂。

玛丽娜·沃纳

2017年于伦敦肯蒂什镇

---

[1] 卡林顿的短篇小说《椭圆女士》中也有这个形象。

说明及扩展阅读

　　本文中所有未注明出处的引用文字，均来自1986 年至 1988 年间我与莉奥诺拉的对话，她当时住在纽约。那时，我正在为导演吉娜·纽森写一部基于莉奥诺拉生平和创作的电影剧本。尽管项目胎死腹中，但同莉奥诺拉共度的时光——在曼哈顿街头和中央公园周围的漫步、长达数小时的聊天——算得上是我一生中最富于启发性的经历。其中一些在这里重现的材料，曾出现在她的两卷故事集《恐怖之家》和《第七匹马》的序言中。

　　我想对已故的大卫·卡迪夫表示感谢，他是与我同时期的大学校友，正是在他向我展示他父亲莫里斯·卡迪夫的藏品后，我才开始了解莉奥诺拉的画作。莫里斯·卡迪夫曾是英国驻墨西哥城领事，他与同样名为莉奥诺拉的妻子是画家的亲密好友和伙伴。在此也向多位学者同行致谢，尤其是惠特尼·查德威克。

Aberth, Susan L. *Leonora Carrington: Surrealism, Alchemy and Art*. Burlington, VT: Lund Humphries, 2010.

American Federation of Arts et al. *The Temptation of St. Anthony: An Exhibition of Eleven Paintings by Noted American and European Artists*. Washington, DC: American Federation of Arts, 1947.

Arcq, Teresa, Joanna Moorhead, and Stefan von Raaij, eds. *Surreal Friends. Leonora Carrington, Remedios Varo and Kati Horna*. Burlington, VT: Lund Humphries, 2010.

Breton, André, ed. *Anthologie de l'humour noir*. Paris: Éditions du Sagittaire, 1950.

Breton, André, and Marcel Duchamp, eds. *First Papers of Surrealism*. New York: Coordinating Council of French Relief Societies, 1942.

Carrington, Leonora. *The House of Fear: Notes from Down Below*. Translated by Kathrine Talbot with Marina Warner. New York: E. P. Dutton, 1988; London: Virago, 1988.

——. *The Seventh Horse and Other Tales*. Translated by Kathrine Talbot with Marina Warner. New York: E. P. Dutton, 1988;

London: Virago, 1989.

Carrington, Leonora, and Juan García Ponce. *Leonora Carrington*. Mexico: Ediciones Era, 1974.

Carrington, Leonora, and Annie Le Brun et al. *Leanora Carrington. La mariée du vent*. Paris: Gallimard, Maison de l'Amérique latine, 2008.

Carrington, Leonora, and Mexican Museum. *Leonora Carrington—the Mexican Years: 1943—1985*. San Francisco: Mexican Museum, 1991.

Chadwick, Whitney. *Women Artists and the Surrealist Movement*. London: Thames & Hudson, 1986.

Ernst, Jimmy. *A Not-So-Still Life: A Memoir*. New York: St. Martin's / Marek, 1984.

Guggenheim, Peggy. *Out of This Century. Confessions of an Art Addict*. New York: Universe Books, 1979.

Helland, Janice. *Daughter of the Minotaur: Leonora Carrington and the Surrealist Image*. Victoria, BC: University of Victoria, 1984.

——. "Surrealism and Esoteric Feminism in the Art of Leonora Carrington." *Canadian Art Review 16*, No. 1 (1989), 53—104.

James, Edward. *Leonora Carrington: A Retrospective Exhibition*. New York: Center for Inter-American Relations, 1975.

Kaplan, Janet A. *Unexpected Journeys: The Art and Life of Remedios Varo*. London: Virago, 1988.

Noël, Bernard. *La Planète affolée: Surréalisme, dispersion et influences, 1938—1941*. Paris: Musée de Marseille, 1986.

Orenstein, Gloria Feman. "Hermeticism and Surrealism in the

Visual Works of Leonora Carrington as a Model for Latin American Symbology." *Proceedings of the 10th Congress of the International Comparative Literature Association*. Edited by Anna Balakian. New York: New York University, 1985.

Poniatowska, Elena. *Leonora*. Translated by Amanda Hopkinson. London: Serpent's Tail, 2014.

Rudenstine, Angelica Zander. *The Peggy Guggenheim Collection, Venice*. New York: Harry Abrams, 1985.

Suleiman, Susan Rubin. *Subversive Intent: Gender, Politics, and the Avant-Garde*. Cambridge, MA: Harvard University Press, 1990.

Walsh, Joanna. "'I have no delusions. I am playing'—Leonora Carrington's Madness and Art." *Verso* (blog). Posted October 9, 2015 at www.versobooks. com/blogs/2275-i-have-no-delusions-i-am-playing-leonora-carrington-s-madness-and-art and accessed February 10, 2017.

Warner, Marina. "Leonora Carrington: Brewster Gallery, New York." *Burlington Magazine* 130 (October 1988), 796—97.

——. "The Spirit Bestiary of Leonora Carrington." In *Leonora Carrington: Paintings, Drawings and Sculptures, 1940—1990*. Edited by Andrea Schlieker. London: Serpentine Gallery, 1991.

在深渊
Down Below

．
．
．
．
．
．
．
．
．
．
．

1943 年 8 月 23 日，星期一

正是在三年前，我被关进莫拉雷斯医生位于西班牙桑坦德的疗养院里，此前，马德里的帕尔多医生和英国领事宣称我精神失常且无法治愈。偶遇了你——我认为于众人中头脑最清醒的你——之后，我开始在一周前收集带领我穿越*知识*之初始边界的线索。我必须重新回顾那段经历，因为我相信，这样做可以让自己受用于你，正如我相信你也会在穿越边境的旅程中帮助到我，助我保持清醒，助我任意戴上、摘取那替我抵御*奉从主义*敌意的面具。

在话题转向本人经历中的真实事件之前，我

想说，社会在那个特定的时刻对我下的判决，或许、甚至毋庸置疑是一个天赐良机。因为，那时的我尚未知晓健康的重要性，我指的是拥有一副健康的体魄，以此在头脑解放的过程中避开灾难的绝对必要性。还有一个更为重要的必要性，即他人和我在一起，我们便可以用自身的知识哺育对方，继而组成**整体**。我在那个年代没有充分意识到你的哲理，更谈不上理解。我理解的时刻尚未到来。我将在此以最为忠实的方式竭力表达的，彼时仅仅是知识的胚芽。

因此，我会从马克斯被扛着步枪的宪兵第二次押送至集中营的时刻（1940年5月）开始讲起。当时，我住在圣马丹-达代什。我在山下的村庄里哭了几个小时；之后我再次上山回到我的房子，在整整二十四小时里，通过喝橙花水强制自己呕吐，呕吐间隙短暂地睡了一会儿。我希望那阵阵痉挛或可抑制哀愁，它们如地震般撕扯着我的胃。我现在明白了，这只是呕吐所代表的诸多方面中的一例：我察觉出社会的不公，我希望首先将自身净化，之后再越过其袒露无遗的无能。我的胃是社会的座席，然而也是我与大地上所有的元素联结的地方。它是大地之镜，它所映照的如人物镜像般真实。为了恰切、清晰、忠实地映照大地，必须将厚厚的、层叠的污垢（公认的常规）从镜中——也就是我的胃中——清除；我所说的"大地"，指的当然是天地间所有的地球、星星与太阳，以及微生物星系中所有的星星、太阳与地球。

整整三周，我都吃得极少，小心翼翼地避开肉食，喝下葡萄酒和烈酒，靠土豆和沙拉维生，每天大约吃两个土豆。印象中我睡眠很好。我照料我的葡萄藤，力气大到让农民们感到吃惊。圣约翰节[1] 近在眼前，葡萄藤开始吐花，需要经常喷洒硫黄。我也照料土豆，出汗越多我越欣喜，因为这说明我正经历着净化的过程。我晒日光浴，那段日子里，我的体能如此之好，此前或此后都无法企及。

外面的世界正发生着各种事件：比利时沦陷，德国人进入法国。我对这些事件几乎毫不关心，心

1　每年的 6 月 24 日庆祝此节日。

中没有丝毫恐惧。村子里满是比利时人，一些士兵闯进我家里，指控我是间谍，威胁要将我就地枪决，因为之前我家附近有人在夜里提着灯笼寻找蜗牛。他们的威胁对我来说几乎毫无威慑力，因为我知道自己命不该绝。

在我独处三周之后，我的多年老友凯瑟琳（她是个英国女人）和一个名叫米切尔·卢卡斯的匈牙利男人结伴从巴黎出逃，并抵达我的住处。一周过去了，我觉得他们并未发现我有任何异常。然而有一天，曾长期接受心理医生治疗的凯瑟琳说服了我，她说我的态度暴露出某种想要再次摆脱父亲的无意识欲望：这里的"父亲"指的是马克斯，一个我若希望存活就必须除掉的人。她恳求我停止折磨自己，另找一个情人。当她说我在折磨自己的时候，我觉得她想错了。我觉得她并没有完整地理解我，这样还不如彻底放弃理解。不过，她的做法倒是帮我恢复了性欲。我疯狂地试图引诱两个年轻男子，但事与愿违。他们丝毫不愿意接受我。而我只能继续伤心地过着禁欲生活。

德国人在快速逼近；凯瑟琳恫吓我，请求我和她一起离开，还说如果我拒绝这么做，她也会留下来。我接受了。我之所以接受，首先是因为在我自身的演变过程中，西班牙之于我如同一次发现。我之所以接受，是因为我期望能在马德里为马克斯的护照弄到签证。我感到自己仍与马克斯紧紧相连。这份附着他照片的证件已化为实体，如同我随身携带的是马克斯本人。我之所以接受，是因为凯瑟琳的据理力争多少触动了我，她的话持续不断地在我心中凝结为一种日益增长的恐惧。对凯瑟琳来说，德国人等同于强奸犯。我并不惧怕被强奸，丝毫不在乎。我内心涌起的惊慌，源于他们如机器人般的存在，一种头脑空空、无血无肉的生命体。

为了获得旅行许可，米切尔和我决定前往圣昂代奥勒堡。全然冷漠无情的宪兵们不停地抽烟，拒发给我们那份不起眼的文件，顽固地躲藏在“我们无能为力”的说辞后面。我们无法动身，但我清楚次日便会离开。我们去找公证员，将我的居所和所有私人物品转到圣马丹旅馆的产权所有者名下。

我回到家，花了一整夜仔细整理我打算随身带走的物品。所有东西都被塞入手提箱，箱子上印有我的名字，名字下方的皮革里镶了一小块黄铜片，上面写着"天启"一词。

回到圣马丹的次日上午，学校的女老师交给我镇政厅盖过章的文件，我们可以动身了。凯瑟琳备好了车。面对启程，我全部的意志如箭在弦。我催促我的朋友们。我把凯瑟琳推向汽车；她负责掌舵；我坐在她和米切尔中间。车发动了，我对于旅程信心十足，但也觉得极为痛苦，害怕出现我预计难以避免的困难。旅途一直平稳，但在开到离圣马丹二十公里的地方时，车却停住不动；刹车片卡住了。我听见凯瑟琳说："刹车片卡住了！""卡住了！"我的心里也卡住了，是一些我的自身意识无法辨认的力量导致的，那些力量也让车辆的机能瘫痪。这是我认同外部世界的第一阶段。我就是那辆车。由于我的缘故，车子坏了，因为我也困在了圣马丹和西班牙之间。我自身的力量令我感到恐惧。彼时，我仍受限于我自身的星系，全然不知他人的星系——它们的重要性，我现在终于意识到了。

一整夜，我们都在赶路。我能看到眼前的路上有一些卡车，车后悬着许多腿和胳膊，但由于对自己没有信心，我只怯怯地说了句"有卡车在我们前面"，只是为了看看其他人会如何作答。当他们回答"路很宽，我们能超过它们"时，我便释然了；可我不知道他们有没有看到卡车里运送的东西，我极度害怕引起他们的怀疑，成为被羞辱的对象。这恐惧令我无法动弹。道路两侧排列着一口口棺材，我却找不到任何借口让他俩注意到这个令人不安的话题。那些显然是被德国人杀害的人。我十分害怕：一切弥漫着死亡的臭味。之后我才知道，佩皮尼昂有一大片军事墓地。

早上七点，佩皮尼昂的旅馆已经没了空房。朋友们把我留在了一家咖啡馆；从那刻起，我再没休息过：我坚信自己对朋友们负有责任。如果我们打算跨越边境的话，我认为向更高级别的职能部门求助也不会有什么用。我转而去寻求擦鞋匠、咖啡馆服务员和过往行人的建议，在我看来，这些人拥有巨大的力量。

我们将在距离安道尔两公里的一处地方和两个安道尔人碰面。他们会带我们穿越边境，作为交换，我们得把车送给他们。凯瑟琳和米切尔十分严肃地对我说，尽量控制住自己不要讲话。我同意了，主动陷入一场昏迷。

抵达安道尔后，我无法正常行走。我走路的模样像只螃蟹；我无法控制身体的动作：试着爬上台阶会让身体再一次"卡住"。

在安道尔这个荒芜、凄凉的国家，我们是法兰西酒店接收的第一批难民。这家空寂得出奇的酒店由一名身材瘦小的女佣全权管理。

于我而言，踏上安道尔领土的最初几步，就像是杂技演员刚开始走上钢索。夜里，我愤怒的神经模仿着河流的喧腾，河水不知疲倦地从岩石上流过：催人昏睡，单调沉闷。

白天，我们试图沿着山侧行走，但我只要试着攀爬哪怕最平缓的山坡，就会像凯瑟琳的菲亚特那样卡住，被迫再次下行。我的痛苦将我彻底卡住了。

我意识到我的痛苦——我的思维，如果你更倾向于这种说法——正煞费苦心地试图与我的身体合二为一；我的思维必须在我的身体上——在物质层面上产生一种即刻的影响，才能宣示自己。之后，它会作用于其他客体。我试着去理解自己的这份眩晕：我的身体不再听命于在我思维中形成的定式，那些定式隶属于陈旧、有限的理性；我的意志不再融会于我的运动官能，既然我的意志已丧失力量，那么首先必须要清算令我无法动弹的那份痛苦，随后在山岳、我的思维和身体之间达成一致。为了在这个新世界重获游走的能力，我诉诸自身继承的英国式圆滑手腕，将意志的力量搁置，温和地在山岳、身体和思维之间寻找共识。

一天，我独自去了山里。起初我无力攀爬；我脸朝下平躺在坡地上，感到自己正被大地全然吸收。当我在坡上迈出最初几步时，感觉身体在某种厚如淤泥的物质中吃力地前行。但渐渐地，我能感觉到步伐肉眼可见地变得轻松，又过了几天，我甚至能试着跳一跳。我可以像山羊一般轻巧地爬上竖直的墙壁。我很少受伤，我意识到一种过去从未有过的、极度微妙的理解正成为可能。最终，我走路时步伐不再出错，能在岩石间轻松地漫步。

显而易见，在正常的公民眼里，这种行为一定显得诡异且疯狂：一个出身良好的年轻英国女人从一块岩石跳向另一块岩石，以如此荒谬的方式自娱自乐。按照常理，他们会立刻怀疑我的精神状况是否稳定。我的实验行为会对周围的人造成怎样的影响，我并不在意；最终，实验成功了。

在与山岳结盟之后，能轻易游走于最令人生畏之地的我，又想到和动物们达成盟约：马匹、山羊、鸟群。这份盟约经由肌肤结成，经由某种"触感"语言；这种语言，我现在难以形容，因为我的感官不再像彼时那般敏锐。实际情况是，当其他人靠近时，那些动物会立刻逃散，我却可以把它们吸引到身边。比如说，有一次我和米切尔以及凯瑟琳一起散步，我向一群马跑去，想要加入其中。我正和它们亲昵地互动，凯瑟琳和米切尔走近后，它们却四散而逃。

上述这些事情发生在 6 月和 7 月，那时难民正蜂拥而至。米切尔给我父亲发了一封又一封电报，试图获得去西班牙的签证。终于，一名助理牧师带来了一份神秘的、脏兮兮的文件，我不清楚这是我父亲在帝国化学工业公司的哪个委托人搞到手的，这份文件应该能让我们重启行程。在此之前，我们两次试图穿越西班牙边境未果；凭借助理牧师的这份文件，第三次终告成功。凯瑟琳和我到达了乌赫尔渠畔塞奥[1]。不幸的是，米切尔未能过来。我俩开着那辆菲亚特去往巴塞罗那。

进入西班牙之后，我变得忘乎所以：我把它视为自己的王国；红色的土地是内战干涸的血液。那些逝者在撕裂的乡村无处不在，令我如鲠在喉。抵达巴塞罗那的那个傍晚，我处于一种极度兴奋的状态中，坚信我们得尽快到马德里。因此，我说服凯瑟琳把菲亚特留在巴塞罗那；第二天，我们上了

1　乌赫尔渠畔塞奥（Seo de Urgel）是西班牙加泰罗尼亚地区的一个市镇。

一列开往马德里的火车。

我不得不使用一种自己并不熟悉的语言，这个事实至关重要：关于词语的预设观念并未将我束缚，但我对它们的现代含义一知半解。这令我得以赋予再普通不过的词句某种炼金术般的深奥含义。

到了马德里之后，我们在火车站附近的国际酒店暂时住下，后来下榻在罗马酒店。在国际酒店的第一晚，我们在楼顶上吃了晚餐；踏足楼顶满足了我一个深切的需求，在那里，我发现自己进入一种亢奋的状态。身陷政治困局和炎炎热浪的我说服了自己，认为马德里乃世界之胃，而我则是负责帮助这副消化器官康复的天选之人。我相信，所有痛苦在我的身体里堆积，也终将消解，这正好解释了我情绪力量的来源。我相信，我有能力承担这份重任，并从中为世界提取一份答案。我后来染上的痢疾，不过是在我肠道里成形的马德里的疾病。

几天后，我在罗马酒店遇到了一个姓范根特的荷兰男人，他是犹太人，和纳粹政府有些关联，儿子为英国帝国化学工业公司工作。他给我看了他的护照，上面戳满了纳粹的万字符。我从未如此想要摆脱所有社会约束；为了达到这个目的，我把自己的文件送给了一个陌生人，并试图将马克斯的护照给范根特，但他拒绝接收。

那一幕发生在我的房间里；那个男人的目光令我痛苦，仿佛他将图钉扎入了我的双眼。在他拒绝接受马克斯护照的那一刻，我记得我回答道："啊！我懂了，我必须亲自动手杀了他。"——也就是说，与马克斯一刀两断。

送掉文件后，我仍不满意，认为自己必须摆脱所有东西。一天傍晚，我和范根特坐在一家咖啡厅的露台上，看着马德里来来往往的行人，感觉他们正被他的视线操纵。在那一刻，他突然指出，我佩戴的那枚小胸针不见了——胸针我刚买不久，用来象征马德里的哀愁。随后他补充道："翻翻你的手提包，你会找到它的。"他说对了，胸针的确在里面。对我来说，此事进一步证实了范根特的邪恶力量。我感到恶心，起身走进咖啡厅，决心将包中随身携带的所有物品都分发给在场的警官。但没有一个人愿意接收。整个场景似乎发生得很快；然而，我突然发现自己孤身一人，面对一帮呼啸兵[1]。范根特踪影全无。几个男人起身将我推入一辆车中。后来，我被带到一栋房子前，房子的窗户筑有西班牙风格的锻铁雕花阳台。他们领我进入一间中式装潢风格的房间，把我扔到一张床上，扯下我的衣服后轮奸了我。

我奋力抵抗，直至他们终于感到疲倦，准许我起身。我在一面镜子前试图整理衣服时，看到其中一人打开我的包，把所有东西都拿了出来。这个举动在我看来再正常不过，正如他将一瓶古龙水浇在我头上一样正常。

事后，他们将我带到巨大的丽池公园附近，我游荡了一阵，迷了路，衣不蔽体。最后，我被一名警察领走，他把我送回了酒店，我给已经入睡的范根特打了电话——当时或许是凌晨三点。本以为我的遭遇会改变他对世间众人的态度，他却变得狂怒，

1　呼啸兵（Requeté），卡洛斯派青年组织，支持者大多为旧封建贵族和教会保守派。

辱骂了我，并挂了电话。我上楼回到自己的房间，发现有两件凯瑟琳的睡袍摆在我的床上，是洗衣女工送错了。我想象这是认识到我力量的范根特想要弥补，所以将睡袍送来作为礼物。看来我不得不立刻穿上这些睡袍试一试了。那晚剩下的时间里，我洗了冷水澡，穿上睡袍，脱下再换另一件。一件是淡绿色丝绸做的，另一件是粉色。

彼时的我依然坚信，正是范根特催眠了马德里，催眠了那里的居民和车流、行人，正是他把人们变成了僵尸，四处播散如含毒的糖果般的痛苦，以便奴役所有人。一天夜里，在把大量报纸——我认为那是范根特使用的催眠工具——撕碎并抛撒到街上之后，我站在酒店门前，惊恐地看着经过的阿拉梅达的居民，他们似乎是木头做的。我飞奔到酒店屋顶，看着脚下身负枷锁的城市，哭了出来，解放它是我的职责。我下楼来到凯瑟琳的房间，央求她看着我的脸；我对她说："难道你看不出来，这就是世界的真实写照吗？"她拒绝听我的话，把我推出了房间。

我下楼来到酒店大堂，在人群中看到了范根特和他儿子，后者指责我精神失常、行为下流，等等；这也难怪，他们被我下午撕毁报纸的大胆行为吓得不轻。于是我跑到公共花园，在行人们惊诧的目光下，在草地里玩耍了一会儿。一名长枪党[1]军官将我领回酒店，我一遍又一遍地泡冷水浴，度过了一整夜。

在我看来，范根特是我的父亲，我的敌人，以及人类的敌人；只有我可以降伏他；而为了降伏他，我必须理解他。他曾给我香烟，这在马德里很难买到。一天早晨，我出奇地兴奋，我突然意识到，我的状况不只是由自然因素造成的——他给我的香烟里下了药。若按逻辑推断，我应该向职能部门举报范根特的恐怖力量，接着解放马德里。在这件事上，最好的解决方案是西班牙与英国达成协作。于是我给英国大使馆打了电话，并去拜访了领事。我竭力说服领事，正是希特勒及其党羽通过催眠的方式发动了世界大战，而范根特正是他们在西班牙的代理

1　长枪党（Falange），佛朗哥独裁时期西班牙唯一的合法政党。

人；搞清楚他的催眠力量后，就能降伏他；我们便得以停止战争，解放世界——正如我和凯瑟琳的菲亚特一样，这个世界同样"卡住"了；必须相信我们形而上的力量，并将其分配给全人类，由此达成解放，而不是毫无方向地在政治和经济的迷宫之中漫游。这位大不列颠好公民听罢，立即判定我疯了，给一名叫马丁内斯·阿隆索的内科医生打了电话。后者在获悉我的政治观后，立刻对领事的判断表示认同。

正是在那一天，我告别了我的自由。我被锁在丽思酒店的房间中。我感到无比满足；我洗了自己的衣服，用浴巾做了好几件宴会礼服，准备会见佛朗哥，他将是第一个从催眠梦游症中被解放的人。一旦佛朗哥获得解放，他便会与英国达成和解，随后英国也会与德国达成和解，以此类推。与此同时，马丁内斯·阿隆索完全被我的情况搞蒙了，他按夸脱[1]的量喂我服下溴化物镇静剂，反复恳求我不要在侍者端来食物时赤身裸体。他被我的政治观吓得

1　夸脱（quart），此处为液量单位。1 英制夸脱约合 1.136 升。

惊慌失措、呆若木鸡。经受了十五天的折磨后，他撤到葡萄牙的一处海滨胜地，把我托付给了他的医生朋友阿尔贝托·N。

阿尔贝托长相英俊；我赶紧对他展开了诱惑攻势，对自己说道："这是我哥哥，是来从父亲们手中解救我的。"自从马克斯离开后，我的爱情生活并不如意，而我急迫地想要爱。可惜阿尔贝托也是个彻头彻尾的蠢货，很可能还是个恶棍。其实我相信他已被我吸引，尤其是当他知道卡林顿爸爸及其数百万党羽——在马德里以帝国化学工业公司的人为代表——的力量时，就更是如此了。阿尔贝托会带我外出，我再次享受到短暂的自由。但好景不长。

我每天都去拜访帝国化学工业公司驻马德里办公室的负责人；很快，他便对我的到访感到厌烦，主要是因为我会在政治方面开导他，谴责他与卡林顿爸爸以及范根特一样极度卑鄙可耻——我对他本人、他夫人、他的女仆、酒店侍者以及所有愿意听我讲述的人都这样说。他唤来一个姓帕尔多的医生，怂恿我向他传授世间之道。不久，我就被关进一座满是修女的疗养院。囚禁时间并不长，因为修女们无力应对我。她们关不住我，解决钥匙和窗户对我来说不在话下；我四处游荡，寻找房顶，我相信那里才是适合我的栖身之地。

大约两三天后，帝国化学工业公司的负责人告诉我，帕尔多和阿尔贝托将带我去圣塞巴斯蒂安的一处海滩，在那里我会完全自由。我走出疗养院，坐上了一辆开往桑坦德的车……一路上，他们给我服用了三次苯巴比妥镇静剂，进行了一次脊椎注射。抵达桑坦德后，我像一具尸体般被移交给莫拉雷斯医生。

1943 年 8 月 24 日，星期二

接下来，我恐怕会向虚构的方向偏移，内容真实但不完整，因为如今我已回想不起一些细节，那些细节原本或可让我们深受教益。今天早晨，关于蛋的想法再次跃入我的脑海，我觉得我可以把它用作水晶，以审视 1940 年 7 月和 8 月间的马德里。为什么蛋就不能囊括我自己的经历，以及宇宙的过去和未来史呢？蛋是宏观世界，也是微观世界，是大和小之间的分割线，因此无法一览全貌。拥有一架望远镜，却没有它不可或缺的另一半——显微镜，对我来说，这象征着黑暗至极的不解。右眼的任务是看向望远镜，左眼则要窥入显微镜。

在马德里时，我尚未了解到苦难的"本质"；带着无知的放纵和果敢，我游荡着进入未知。当我凝视着街头的海报时，看到的不仅是 X 先生罐头食品的商业特性和优良品质，还有可回应我疑问的深奥答案——读到"**阿萨蒙公司**"或"**帝国化学制品**"，我也读出了"**化学和炼金术**"，一份发给我自己、以农业机械制造商为伪装的秘密电报。电话铃声响起或静默，接听或拒绝，都是被催眠的马德里人民内心的声音（我表述的是字面含义，此处未隐藏任何象征）。和其他人一起坐在罗马酒店大厅的餐桌前时，我听到生命体的震颤，如同听到人声一般清晰——从每一次特定的震颤中，我都能了解到每一个生命体对生活的态度、力量的强度，以及他对我的态度是亲善还是恶意。不再需要将声音、肢体接触或感官翻译为理性术语或措辞。我把每一种语言置于其特定的界域来理解：声音、感官、颜色、形态，等等，而每个人都会与我心心相印，并给我一个完美的答案。我背靠着墙聆听震颤，可以清晰地分辨出正步入餐厅的是凯瑟琳、米切尔、范根特或是他的儿子。我望向人们的双眼，可以看清谁是主人，谁是奴仆，谁又是（寥寥无几的）自由人。

每到这种时刻，我都会崇拜自己。自我崇拜，是因为能看到完整的自我——我是一切，一切都在我之中；我欣喜地看到，我的眼睛奇迹般地变成太阳系，被自己的光点燃；我的动作如同一种广博而自由的舞蹈，其中，世间万物由每一个舞姿完美地映射，那是一种明晰而忠实的舞蹈；我的肠道随着马德里痛苦的消化过程一并颤动，令我感到满足。那时，马德里正在唱一首名为《绿色双眸》（"Los ojos verdes"）的曲子，印象中是改编自加西亚·洛尔迦的一首诗。对我来说，拥有绿色双眸的人一直是我哥哥，现在则是米切尔，是阿尔贝托，是我在从巴塞罗那开往马德里的火车上认识的、来自布宜诺斯艾利斯的那个小伙子……绿色双眸，那双眼睛属于终将我从父亲的魔爪下解放的哥哥。另外两首歌也令我痴迷：一首叫《行舟》（"El barco velero"），带我走向未知；一首叫《在我眼里你很美》（"Bei mir bist du schön"），这首歌被改编为不同语言广为传唱，我觉得它在对我说：要为大地带来和平。

那段时间里，我停止了自慰，不过三个月后在桑坦德又恢复了。我将自己的鲜血转化为全方位的能量——男性和女性的能量，微观和宏观的能量——转化为被月与日饮下的红酒。

现在，我必须接着讲我的故事，就从我自麻醉状态中醒来后（1940 年 8 月 19 日至 25 日之间的某个时间）讲起吧。我在一间没有外窗的小房间里醒来，唯一一扇窗扎在将我和隔壁房间分开的右侧墙壁上。左侧角落立着一个松木质地、上了漆的廉价衣柜，正对着我的床；在我右侧，有一个风格相同的床头柜，带大理石柜面、一个小抽屉，抽屉下方的空间用来放夜壶；还有一把椅子；床头柜附近有一扇门，我后来才知道，门通向浴室；正对着我的是一扇玻璃门，通往一条走廊以及另一扇嵌有不透明玻璃的门，我总是贪婪地盯着那扇门看，因为它光洁明亮，我猜必定是通往某个阳光倾泻的房间。

我最开始意识清醒后很痛苦：我以为自己出了车祸；所处的地点似乎是一家医院；我正被一名面目可憎、长得像瓶巨大的来苏水的护士监视着。我感到疼痛，意识到手脚都被约束皮带捆住了。我后来得知，进到这个地方时，我像一只母老虎一般挣扎，而在我到来的那个夜晚，唐马里亚诺——也就是主管疗养院的医生——曾试图引导我进食，却被我挠了。他扇我巴掌，把我捆起来，强迫我通过鼻饲管进食。这些事，我全都记不得了。

我试图弄明白我身在何处、为何在此。这里是医院还是集中营？我问了护士一些问题，可能问得语无伦次；她一律用英语给我否定的答复，美式口音听着非常讨厌。后来，我得知她姓阿塞古拉多（Asegurado，这个词在商业里意为"有保险的"），是德国人，来自汉堡，曾在纽约住过很长一段时间。

有一件事我从未弄清，就是我到底昏迷了多久：几天还是几个星期？等我不幸恢复理智后，我被告知，有好几天，我的行为举止像各种不同的动物——如猴子一般敏捷地跳上衣柜，又抓又挠；如雄狮咆哮；如马儿般轻声嘶鸣；如犬一般吠叫等。

被约束皮带捆住而不能动弹的我，十分礼貌地请求阿塞古拉多夫人："请放开我。"她一脸不信任地说："你会好好表现吗？"她的话令我非常惊讶，以至于我恍惚了一会儿，无力作答。我只是想善待整个世界，现在却如同一只野兽被捆了起来！我想不通，对于自己暴烈的举止毫无印象，看上去完全是一场愚蠢的不公正待遇；若要解释这一切，我只能将其归咎于看护人内心里那股奸诈狡猾的冲动。我问道："阿尔贝托在哪儿？""他走了。"

"走了？"

"对，回马德里了。"

阿尔贝托回马德里了……不可能！"我们这是在哪儿——离马德里很远吗？"

"非常远……"

如此这般。随着对话的进行，我感觉自己漂泊得越来越远，最终身处某个充满敌意的未知国度。她接着告诉我，我来到这里是为了休息……为了休息！终于，我凭借些许温柔和巧妙央求，说服她帮我解了绑。我换好衣服，心中对房间外的世界感到十分好奇。我穿过走廊，没有去打开那扇嵌有不透明玻璃的门，而是来到一间正方形小厅，小厅的窗户被铁栅栏封死。我心想：这休息之地真是可笑！安装栅栏是为了防止我跑掉。我将走向铁栅栏，说服它还给我自由。

我正像蝙蝠一样把脚挂在栅栏上，背对着房间仔细琢磨这个问题，当我正全方位、多角度地查看栅栏时，突然有人袭击了我。待我奇迹般地站稳后，我发现自己与一个表情、长相都和杂种狗如出一辙的人面对面。我后来得知他患有先天性痴呆，住在莫拉雷斯医生的疗养院。他生活拮据，需要被救济，所以在科瓦东加馆做着看家护院的差事，那里关押着行为危险且无法治愈的精神失常者，以唐马里亚诺去世的女儿命名。我意识到，和这么一个生物进行任何对话都是枉然。因此，我使出出其不意的招式，想要将他击溃。阿塞古拉多夫人坐在扶手椅上，居高临下地观战。

论力气、意志力和战略，我都比对手要强。那傻子哭着就跑了，浑身是血，被挠伤得很严重。后来别人告诉我，经历了那场打架之后，他说他宁可去死，也不愿再接近我半步。

在我解释了无数遍，我只是想看看花园之后，阿塞古拉多夫人终于同意由她陪护我去室外。尽管高高的桉树散发出成簇的泛蓝潮气，花园仍绿意盎然；科瓦东加馆前的果园里，树上结满了苹果。我意识到秋天来了，太阳低了，夜晚即将来临。

我很可能还在西班牙。这里的植被是欧洲属的，气候温和，科瓦东加馆的建筑也非常有西班牙风格。但对此我完全不确定，后来，在看到身边人诡异的道德品行之后，我感觉自己更像是在航海途中，最终相信自己身处另一个世界，另一个年代，另一个文明，或许在另一个同时容纳着过去、未来和现在的星球上。

我的看护人总希望我能当个乖女孩，老老实实在椅子上坐着。我表示拒绝，因为我必须尽快解决"问题"。不论我向右走还是向左走，她总是跟着我。最后我走进凉亭里坐下，一个身穿蓝色罩衫的年轻人——他叫何塞——突然出现，还饶有兴致地看着我。听到他讲西班牙语，我松了口气。所以我的确在西班牙！我觉得他长得英俊，很有魅力。当我走向皮拉尔馆，去那里查看时，他和阿塞古拉多夫人跟着我。（如果你看一下地图，就会弄明白皮拉尔馆、普通放射馆、科瓦东加馆、阿玛楚馆和阿瓦霍馆[1]［"深渊"］的相对位置；这么做会让你了解自己所处的位置。）皮拉尔馆是一栋窗户上装有铁栅栏的灰色石料建筑。令我万分惊讶的是，有个藏在栅栏后面的人从一楼唤我的名字："莉奥诺拉！莉奥诺拉！"

我怔住了。"你是谁？"

"阿尔贝托！"

阿尔贝托！原来他在那儿！我琢磨着如何才能与他重新相聚，可我瞥见的那半张脸却丑陋而扭曲。事实上，这是护士们的一个恶作剧，是她们让一个叫阿尔贝托的疯子那么做的。尽管如此，这个

1　此处原文为"Abajo"，在西班牙语中意为"在下方"。

插曲还是令我感到欣喜，认为阿尔贝托追随着我，他没有背叛我，和我一样是囚徒。

我怀着喜悦在苹果树间跳跃，重新感受身体的力量、柔韧与美。没过一会儿，小街里极速跑来一个身材十分矮小的护士，她名叫梅塞德丝，身后跟着那条叫"莫罗"的黑狗；在她身后，慢悠悠走来一个同样一身白衣、高高胖胖的男人。我在他身上看到了强有力的生命存在，匆忙去迎接他，同时自言自语道："这个男人掌握着解决问题的答案。"可等我走近一些，又对他产生了不好的印象：我看到，他的双眼长得和范根特一样，比后者的还更可怕。我想：他和范根特属于同一个团伙，并且和其他人一样被精神控制，我要小心！他是唐路易斯·莫拉雷斯，也就是唐马里亚诺的儿子。

尽管我所处的位置他够不到，他还是试图抓住我。站得很近时，我也避开他的触碰。就在那时，何塞突然出现，把我抓住了。我英勇自卫，直到后来另一个人——桑托斯——加入了缠斗。唐路易斯舒舒服服地坐在两棵树的树根之间，欣赏着这出戏，

唐莫拉雷斯的肖像

而何塞和桑托斯这两个男人把我摔到了地上。何塞坐在我头上，桑托斯和阿塞古拉多试图固定住我那猛烈挣扎的胳膊和双腿。如挥剑一般，梅塞德丝将手中注射器的针头猛地扎入我的大腿。

我以为是催眠针剂，决定坚持住别睡着。令我极为惊讶的是，我没有感到困乏。我看到大腿上的针孔四周变得肿胀，直到肿得像个小瓜。

阿塞古拉多夫人告诉我，他们向我的大腿中注射的是一种人造脓肿；长达两个月的时间里，疼痛，以及身体被感染的念头，让我无法任意走动。一旦他们的魔爪稍有松懈，我就会疯狂地撞向唐路易斯。没等何塞和桑托斯有机会将我拖走，我就用指甲将他挠得鲜血淋漓。桑托斯用手掐住我，令我窒息。

在科瓦东加馆，他们粗暴地扒下了我的衣服，将我赤身裸体绑到床上。唐路易斯来到我的房间，盯着我看。我大哭，问他我为何要像囚犯一般被关押、被虐待。他并未作答，只是迅速离开了房间。随后，阿塞古拉多夫人再次露面。我问了她几个问题。她对我说："有必要让你知道唐路易斯是什么人；他每晚都会来和你谈话；他会站在你床边，你遵循他的意志来回答问题。"这些事，我一点都不记得。我向自己发誓，从那一刻起，每日每夜我都要保持警觉，不会入睡，维持清醒状态。

我不清楚自己被赤身裸体地捆了有多久。好几个日日夜夜，我浸躺在自己的粪便、尿液和汗水中，身体被蚊子的叮咬折磨得惨不忍睹——我相信它们是所有被镇压的西班牙人民的魂灵，这些人责怪我被拘禁、我缺乏智慧、我顺从。我深感悔恨，以至于蚊子对我的攻击变得可以忍受。肮脏并未让我感到过于为难。

白天我被阿塞古拉多夫人看管，夜晚则由何塞或桑托斯负责。何塞时不时会把香烟塞进我嘴里，让我吸几口；他偶尔会用湿毛巾擦拭我那热到发烫的身体。他这么照顾我，我很感激。一个患有斜视的女佣（他们叫她皮亚多萨）给我送来食物：蔬菜和生鸡蛋，她用勺子送到我嘴边，小心翼翼以免被我咬伤。我喜欢她，不会咬她的。我以为"皮亚多萨"（意为"虔诚"）指的是疼痛的双脚，她走了很多路，我因此替她难过。

我会在夜间思考自己的境遇。我仔细观察了捆住身体的皮带、四周的物与人，还有我自己。我左侧的大腿因大片肿胀而无法动弹，我心里清楚，如果我的左手能被解绑，便可治愈自己。我总是双手冰凉，腿部的发热必须放到冰凉的手下面才可消散，疼痛和肿胀也会消失。我不知道是怎么发生的，但后来我的确做到了，如同我预料的那样，不久，疼痛和感染的症状便消退了。

一天夜里，我在清醒的状态下做了一个梦：梦里有一间大如剧院舞台的卧室，拱形天花板被涂刷成天空的模样，一切都破败不堪但又奢侈豪华，古老的床上方挂着破烂的帘布并装饰有丘比特像，它们到底是画像还是真身，我已不清楚了；还有一座花园，很像我前一天去漫步过的那座；花园四周围绕着带刺的铁丝网，那里的植物在我双手的呵护下成长，扭曲着缠绕在缕缕铁丝上，铁丝被植物覆盖，看不到了。

出现幻象的次日，唐路易斯来了，并和我交谈。因为大腿的肿胀，我原本想向他要绷带，但这个想法立刻从脑中消失得无影无踪。我原本也想问他阿尔贝托身在何处，可这个念头也从脑中逃逸；而在这以后，我发现自己糊里糊涂地处于一场政治讨论中。讨论时，我惊讶地发现自己再次身处一座花园，和梦中的那座相似。我们坐在长凳上沐浴阳光，我穿戴整齐；我感到欢乐，头脑也清醒，除了其他一些事情，我还说道："得益于*知识*，我可以做任何事。"他回答说："既然如此，就让我成为世界上最伟大的医生吧。"

"你给我自由，便可遂愿。"

我还说道："在这绿意盎然、土地丰饶的花园之外，地貌干旱贫瘠；它左侧的山顶上，有一座德鲁伊神庙。神庙状况堪忧，已成废墟，那是我的神庙，是为我而建的，同样状况堪忧，已成废墟；庙里只有些干柴，它将成为我的栖身之地，从那里我将每天来拜访你；之后我将向你传授我的*知识*。"

这就是我所言的确切含义。然而，当我之后

获准外出时，并没有找到那座神庙，郊野也遍地丰饶。

关于阿尔贝托和我大腿的记忆瞬间涌入脑海。我立即意识到，卧床的自己正赤裸着身体，境况悲惨且卫生堪忧；唐路易斯起身正要离开。

那天交谈之后，我委托何塞交给他一张纸，上面画了一个三角形（搞到笔和纸，获准解绑双手来作画，这一切对我来说都极为艰难）。在我看来，那个三角形解释了一切。

1943 年 8 月 25 日，星期三

我已经连续写了三天，尽管我原本预计在几小时内便可和盘托出；这令我痛苦，因为我又得重新回顾那段时期，睡眠也很糟糕，由于对正在做的这件事情到底有没有用心存疑虑，我感到困扰而焦虑。可是，为了摆脱痛苦，我的故事必须继续。我那些内心恶毒、自鸣得意的祖辈们，正试图令我感到恐惧。

被牢牢绑在床上的那段时间里，我得到机会认识我那些奇奇怪怪的邻居；但就算认识了，对于我解决自身的问题也毫无帮助：我在哪里？又为何在此？有人透过我房门上的玻璃窗来看我。有时他们会进屋来和我交谈：摩纳哥及泛美洲王子、火柴盒里装有一小坨排泄物的唐安东尼奥、被桑坦德大主教追击和折磨的唐贡萨洛，以及养了巨型蜘蛛的席尔瓦侯爵，他是阿方索十三世的密友，也同佛朗哥交好——侯爵正处于海洛因戒断期（他也不幸被注射了和我相同的针剂，尽管那些护士声称，皮肤肿胀是由蜘蛛叮咬造成的）。席尔瓦侯爵在呼啸兵中很有势力；他待人友善，因为上了年纪而昏聩。

我在几位男士身上察觉到了奢靡的气息，推断他们一定是被范根特的团伙蛊惑，因此，这个地方就是某种监狱，用来关押那些对范根特集团构成威胁的人；我还推断，作为其中最危险的一个，我注定要经受更为可怕的酷刑，以削减、压制我的力量，让我陷入和身边那些悲惨之人一样的境遇。

我认为，莫拉雷斯父子是宇宙的主宰，是利用自身能量散播恐怖的强大法师。我凭预言获知，这个世界已被凝结，而能否战胜莫拉雷斯父子和范根特之类的人，让世界恢复运行，则取决于我。

强制性地过了几天动弹不得的日子之后，我注意到自己的大脑仍在运转，我没有被击溃；我相信自己的脑力强于我的敌人们。

一天夜里，我正被何塞和梅塞德丝看管着，突然深陷抑郁。我感到我正被唐路易斯的思维附体，他的控制力仿佛一只巨型车胎在我体内膨胀，我也听到了他那浩瀚而宏大的欲望——令宇宙粉身碎骨。这一切如异物一般刺穿了我的身体。这是折磨。在那个时刻，我确信唐路易斯并不在场（这是真的），而我只有一个念头：利用他的缺席，摆脱他存在的不洁之力。他之前已赋予我他的力量，因为他确信我无法控制它，确信我位于他的对跖点[1]，确信他可如一剂静脉注射的致命毒药般将我杀死。我哭着求何塞和梅塞德丝给我解绑，跟我一起去马德里，远离这个可怕的男人。他们回答道："赤身裸体去马德里可不现实啊！"不过何塞还是给我松了绑，我边准备自己的行李（一张非常脏的床单和一支铅笔）边念叨："自由，平等，博爱。"我痛

1　指位于地球直径两端的点。

苦地走到门厅处，肃穆的小队伍跟在我身后。我的左腿疼痛难忍。

这时，唐路易斯回来了。我听到了他车的动静——他走进屋，身边还有两个人，其中一个应该是墨西哥人，后来我在葡萄牙亲手报复了他。另一个人，我不知道是谁。

我不清楚我们所有人在那儿呆呆地站了有多久——我以为是我用双眼定住了他们。墨西哥人在笑，其他人如石化了一般。我相信是唐路易斯最终打破了魔咒。我只是稍微走了神，何塞和梅塞德丝就扑到我身上，强行将我拖回了房间。接下来，我度过了地狱般的半小时：我抓住何塞和梅塞德丝的手，让他们无法脱身——某种难以遏制的力量让我们纠缠在一起，没有人能说话或动弹。我凭借意志力得以将双手从他们手中拽出来；随后每个人都开始说话，语速惊人。每当我再次抓住他们的手，屋里立刻鸦雀无声，大家的目光也再次盯住彼此。这种情况可能持续了好几个小时。在我看来，是唐路易斯可怕的玩笑导致了这一切，其目的在于证明，如果我想拉拢何塞与梅塞德丝，我们将会像连体双胞胎一样肉身相连；否则他的力量会再次控制我，将我毁灭。

第二天肯定是周日，因为我还能听到外面的钟声和马蹄的嗒嗒声，唤起我深深的乡愁以及逃离的渴望。要同外面的世界交流，似乎不可能；不知道谁会帮助一个身披床单、随身只有一支铅笔的人逃往马德里。

此前，我已听闻过好几座馆宅；最大的那栋十分奢华，像家酒店，配有电话和未装栅栏的窗户；它被称为阿瓦霍馆（"深渊"），住在那里的人们很幸福。为了抵达那个天堂，需要借助作为**全部真相**之神谕的玄秘手段。我正冥思苦想如何快速到达那里的方法，那条叫莫罗的狗来给我通风报信——唐路易斯来了。他的表情和昨天相比大相径庭，以至于让我感到整个世界已然倒行；夜色下，他那惯常的镇定没了踪影；此时的他邋遢、肮脏、情绪激动，举手投足像个疯子。在何塞和桑托斯的帮助下，他将我屋子里除了床以外的所有家具都搬走了，我在

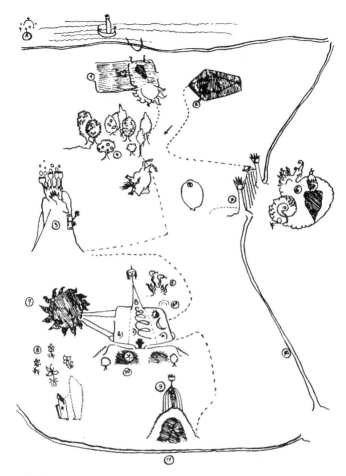

图例

A. 荒地，科瓦东加墓地

B. 环绕花园的高墙

X. 花园大门

1. 科瓦东加馆

2. 普通放射馆

3. 皮拉尔馆

4. 苹果树丛，卡萨布兰卡和山谷的
   风景

5. "非洲"

6. 阿玛楚馆

6b. 藤架

7. "深渊"

8. 蔬果园

9. 凉亭和洞穴

10. 唐马里亚诺的 "地盘"

11. "外部世界" 街

a. 我在 "深渊" 里的房间，暗无天日
   的地狱边境

b. 巢穴

c. 图书馆
   "深渊" 里的宽巷

床上观察着他诡异的举动。我知道，我的衣服和一些小物件被锁在他们搬走的衣柜里。阿塞古拉多夫人无动于衷地站在我身旁。我以为春季扫除的日子到了，预示着我的解放之日即将来临，我整个人开心极了。可是，他们将屋子清空后就离开了，没有留下一丝解释。

阿塞古拉多夫人告诉我，唐路易斯已经疯了。我听到楼上一阵骚乱，伴随着喊叫声和辱骂声。那条叫莫罗的狗，一动不动地站在我床边，凝视着天花板。我想，在那个时刻，是莫罗掌控着力量，唐路易斯为了从自身抽离，已放弃自我，主动进入癫狂发作的状态。在我看来，阿塞古拉多夫人就是一根传输唐路易斯意志的电话线（阿塞古拉多夫人是世界上最静态的女人）。

那天我正好没有被捆住，我时不时地试图逃脱，但阿塞古拉多盯得很紧，我不愿为了拯救自己而对其他女性实施暴力。

楼上的噪声持续了一整天，想到唐路易斯变成了歇斯底里的疯子，我暗自感到高兴。下午快结束时，噪声突然停止了，我听到楼梯上有脚步声。我冲进大厅，那里冒出来一个老人：是唐安东尼奥，手里拿着火柴盒，里面仍然可怜巴巴地装着一小坨排泄物。我相信唐路易斯已经潜入了老人的身体：唐安东尼奥平时并不暴力，而那个诡异周日里持续不断的噪声到底来自哪里，我从来就没想明白过。

夜幕降临后，唐路易斯再次出现，身边还有一位女士——安赫利塔。她普通但整洁的穿着给了我一些希望，于是我问她：

"你是吉卜赛人吗？"

"是的。"

"你从哪里来？"

"从'深渊'来。"

"'深渊'是个好地方吗？"

"很怡人。每个人在那里都很开心。"

"带我去吧。"

"不行。"

"为什么不行？"

"因为你的身体还不够好。"

唐路易斯随即将我带到太阳室，当时房间里很黑。那是我第一次走进那个房间。他开始和我谈起我的幻象，就好像他曾和我一同经历过似的。随后他突然离开了；我想跟着他，和吉卜赛女人一起去"深渊"，但阿塞古拉多夫人制止了我，何塞又回来把我捆住了。

　　过了一会儿，皮亚多萨为我放好了洗澡水。他们在那个夜晚第一次为我洗浴，并清理了我的床铺。我对自己说："他们正在为我以胜者之姿步入'深渊'做准备。"我相信，他们正在净化我，以促成我和阿尔贝托的联结；我相信，宫殿已一切就绪，准备迎接我；我相信，这一切便是自由的曙光。当房间里只剩下我一个人，像往常一样被捆住，但干干净净地躺在床上时，左边的小窗户里亮起一片迷人而温暖的橘色光，我感到身边有种令人愉悦的存在。我感到开心。后来，何塞给我拿来了他的香烟。

随着我人生中最为恐怖和黑暗的日子到来，一个新的时代由此降临。仅仅是想起那件事就感到害怕的我，又如何将它付诸笔端？我身陷巨大的痛苦之中，然而我无法带着这份回忆继续独活……我知道，一旦我把这段经历写下来，便会获得解脱。可是，那天发生的一切恐怖，仅用文字便足以表达吗？

次日上午，一个陌生人走进了我的房间。他拎着一个医生常用的黑色皮包。他告诉我，他是来为我抽血做检查的，需要唐路易斯的协助。我回答说，我愿意接待他们两人中的一个，每次只能进来一个人，因为我察觉到，屋子里进来两个或两个以上的人会给我带来不幸；另外，我还提到自己将离开这里去"深渊"，而且不管有什么借口，我都不会允许别人给我注射。讨论持续了很长时间，以我辱骂他、他逃走而告终。唐路易斯随后进来了，我向他宣告我准备动身。他语气柔和，旁敲侧击地开始说起抽血的事。我花了很多工夫和他说我要离开，说起阿尔贝托，还有其他一些事情，现在我已经记不清了。我们面对面近距离交谈；他握着我的左手。突然，何塞、桑托斯、梅塞德丝、阿塞古拉多和皮亚多萨一齐闯进屋来。每个人按住我身体的一部分，我看到所有眼睛的焦点汇聚在我身上，形成一种恐怖的凝视。唐路易斯的双眼正将我的大脑撕碎，我向下落入一口井……深井……坠及井底之时，我被裹挟于巨大的痛苦之中，思维永久停滞。

随着生命中枢一阵痉挛，我因过于急速地上升至表面而感到眩晕。我再次看到那凝视，那恐怖的眼睛，我哀号道："我不要……我不要这不洁之力。我愿让你们获得自由，但我无能为力，因为假如我不摧毁你们所有人……所有人……所有人，这股巨大的力量便会将我毁灭。我必须将你们连同整个世界一并摧毁，因为它在生长……它在生长，而宇宙不够大，无法满足这种毁灭的需求。我在生长。我在生长……我感到害怕，因为不会有东西留下来让人毁灭。"

我将再次陷入恐慌，仿佛我的祈祷已被听见。你是否了解，被重症癫痫折磨是什么样的？是戊四氮诱发的症状。后来我得知，症状持续了十分钟；我的身体不断抽搐，丑陋可怕的模样令人怜悯，表情扭曲，后来扩展为整个身体的扭曲。

恢复正常状态后，我发现自己正赤身裸体地躺在地板上。我冲阿塞古拉多夫人大喊大叫，命令她给我拿些柠檬来，随后我将它们连皮吞下。现在留在我身边的，只有她与何塞两人。我冲进浴缸里，洒了自己一身水，也溅了他俩一身，把身边所有的物品都弄湿了。之后我回到床上，尝到了绝望的味道。

我向自己坦白：那个威力大到足以对我施加如此恐怖折磨的生物，要比我强大；我承认我输了，这份失败不仅属于我自己，也属于我周围的世界，毫无解放的希望。我落入被支配的境地，并已做好准备沦为最先到来者的奴隶，准备赴死，对我来说一切都无关紧要。之后，唐路易斯来探望我，我告诉他，我是世界上最孱弱的生物，告诉他我能满足他的欲望，任何欲望都可以，然后，我舔了他的鞋子。

我肯定睡了大概有二十四小时。我在早晨醒了过来；一个身材矮小、身穿黑衣的老人正看着我；我知道他是主人，因为他浅色眼珠中间那一针见血的瞳孔，与范根特和唐路易斯的如出一辙。这个人就是唐马里亚诺·莫拉雷斯。他用法语和我讲话，语气十分礼貌。被人礼貌对待这件事，我已经感到不适应了。

"小姐，你感觉好些了吧？……在我眼里，你已经不再是个母老虎了，而是一位年轻的淑女。"

他似乎认识我，我正感到惊讶，唐路易斯进来了，说道："这位是我父亲。"

唐马里亚诺命令手下帮我解绑，然后将我移至科瓦东加馆的太阳室。他们可以对我为所欲为，我就像一头阉牛般任人摆布。

太阳室是一间十分宽敞的屋子；其中一面墙由发出炫目光亮的不透明玻璃构成。我幸福地沐浴在静默的阳光中，感到似乎已将物质那污秽而痛苦的一面弃于身后，并正在进入另一个或许能精确表达生命的世界。房间配了几把椅子、一张皮沙发、一张小号的松木写字台。地板铺满了蓝白相间的地砖。我在日光中躺了好几个小时，透过不透明玻璃追随太阳的轨迹，乐此不疲。我温顺地接过食物并吃下，放弃了抵抗。

．
．
．
．
．

．
．
．
．
．

1943 年 8 月 26 日，星期四

我几乎可以肯定，正是在我被注射戊四氮那一天的前夜，我看到了如下幻象：

地点看上去像是布洛涅林苑[1]；我在一道被绿树环绕的小山脊上；下方离我有些距离的道路上，立着一段栅栏，很像我之前经常在马术展览会上看到的那种；在我旁边，两匹高头大马被绑在一起；我急切地等着它们越过栅栏。迟疑许久之后，它们起跳并沿着山坡疾驰而下。突然，一匹小白马从它

---

[1] 布洛涅林苑（Bois de Boulogne）是法国巴黎城西的一片森林，也是一座大型公园。

们身上分离出来；两匹大马消失得无影无踪，路上仅剩下那匹小马驹，它一路翻滚而下，仰面朝天，奄奄一息。我自己就是那匹白色的小马驹。

戊四氮导致体力衰竭之后，我度过了几天相当平静的日子。早上八点左右，我会听到自远处工厂传来的汽笛声，我知道这是莫拉雷斯父子和范根特在召唤僵尸们去工作，也是在唤醒我——我，这个身负解放白日的责任之人。皮亚多萨会端进来一个餐盘，上面放了一杯牛奶、几块饼干和一些水果。我会根据特殊的仪式按步骤吃下食物：

第一步，我会挺直腰板坐在床上，一口气喝下牛奶；

第二步，我会半躺着吃下饼干；

第三步，我会完全躺平，吞下所有的水果；

第四步，我会在卫生间里停留片刻，观察食物未经消化便被排出；

第五步，回到床上后，我会再次坐直，并查看果实残渣、果皮和果核之类，将它们摆成各种代表宇宙之谜解决方案的造型。我相信，当唐路易斯和他父亲看到盘中被破解的谜团，会允许我前往"深渊"，前往天堂。

阿塞古拉多夫人会进到屋里为我洗澡，之后会把我带到太阳室。在这里，所有熟悉的物件都从我身边被拿走了，它们属于混乱而冲动的过往，如果留下便会令境遇变得更糟。我在这里孤身一人、一丝不挂，身边仅剩下床单和太阳——舞动的床单缠绕在我身上。身处太阳室中，我感觉自己正在操纵苍穹：我已找到解决与太阳相关的自我问题之关键。

我相信自己遭受的折磨在净化我，如此我便能获得绝对知识，到那时我就可以生活在"深渊"。对我来说，以此命名的馆宅是地球、真实世界、天堂、伊甸园、耶路撒冷。唐路易斯和唐马里亚诺是上帝和上帝之子。我以为他俩是犹太人；我以为我自己，一个凯尔特裔、撒克逊-雅利安人，是为了替圣若瑟遭受的迫害复仇而经受磨难。之后，头脑完全清醒的我，会作为三位一体中的第三人，去到"深渊"。我感到，以太阳为媒介，我就是双性人、月亮、圣灵、吉卜赛人、杂技演员、莉奥诺拉·卡林顿以及女人。之后，我还命中注定会成为英格兰的伊丽莎白女王。我是那个将宗教公之于众的她，肩负自由与转化为*知识*的世间之罪，是**男人**和**女人**与上帝和**宇宙**的联合，一切皆平等。我左侧大腿上的肿块似乎不再是我身体的一部分了，而是变成了月亮左边的那颗太阳；我在太阳室里的所有舞动与回旋，均以此肿块为支点。那里不再疼痛，因为我感到自己已和**太阳**融为一体。我的双手——左手夏娃，右手亚当——彼此理解，两者的技能因此增强了十倍。

我利用何塞给我的寥寥几张纸和一支铅笔做了运算，推断出父亲是行星**宇宙**，由土星符号☺代表。儿子是**太阳**，我则是**月亮**，三位一体的关键要素，拥有关于地球、其植物和生物的显微镜般细致的见解。我心知基督已死、万劫不复，而我不得不接替主的位置，因为缺失女人和细致见解的三位一体已变得枯乏而残缺。基督已被太阳取代。我是以圣灵身份履行职责的在世基督。

被注射第二剂戊四氮大概三天后，他们把我进疗养院时没收的物品还给了我，以及一些其他的东西。我意识到，我必须借助这些物品行动起来，将诸太阳系合而为一，以此规范世界的运转方式。我有几枚法国硬币，它们代表着人类因渴欲金钱而导致的覆灭；这些硬币应该以单元为单位——而非以单独元素的形式——进入行星系；如果它们和其他物品相汇，财富将不再造成不幸。我那支红黑相间的自动铅笔（无铅）是智能。我有两瓶古龙水，扁瓶是圣若瑟，圆柱瓶则不是。带盒盖的塔布蜜粉一盒，颜色一半灰一半黑，代表着日月食、复合体、虚荣、禁忌、爱。两罐面霜：黑色盖子那罐是夜晚、左边、月亮、女人、毁灭；另一个绿色盖子的，则是男人、兄长、绿眼睛、太阳、建造。我那船形的美甲锉，令我想起前往未知的旅程，以及护卫行程的法宝：那首名为《行舟》的歌。我的小镜子用于赢得整体的支持。至于我的丹祺口红，关于它的意义我印象模糊；它很可能代表了颜色与言说、绘画与文学的交合：艺术。

因这些发现而感到开心的我，会将这些物品收集并摆放在一起；它们在星轨上漫无目的地一起游走，相互扶持，并组成完整的韵律。我根据这些物品的方位以及它们的成分，赋予它们炼金术的生命。（我那罐黑色盖子的面霜"夜晚"中含有柠檬，能治愈由戊四氮导致的病情发作。）

我头脑清醒，心情愉悦，不耐烦地等着唐路易斯的到来。我对自己说："我已经解决了他摆在我面前的问题。我无疑会被领到'深渊'。"因此，当他对于我的付出非但没有表现出认可，反而又给我注射了一剂戊四氮时，我惊恐万分。

从那一刻起，我组织起自己的防卫。我知道，如果闭上双眼，我就可以避免最难以承受的痛苦降临：旁人的注视。因此，我会将双眼持续闭上很长一段时间。这是我对自己被世界其他地方流放的补偿；这标志着我从科瓦东加（对我来说是埃及）逃离并回归"深渊"（对我来说是耶路撒冷），我命中注定要将**知识**带去那里；我费了太多时间来忍受我自身知识的孤独。

保持双眼紧闭，使得第二剂戊四氮的折磨不会那么令我难以忍受，我很快便起身告诉阿塞古拉多夫人："帮我穿衣服，我必须去耶路撒冷，去告诉他们我获知的事情。"阿塞古拉多帮我穿戴好，我走进花园，她跟在身后，一路上没有遇到任何阻碍。我沿着小巷穿梭于树林，苹果树丛和皮拉尔馆在我右侧。越往前走，身边的一切事物便越发丰富而美丽。我没有停歇，一路前行至"深渊"门前。一位年长的妇人——唐娜维琴扎，也就是唐马里亚诺的姊妹——正从门里出来，她将手中的一杯水和一个柠檬递给了我。我喝下水，把柠檬留下，作为伴我完成危险使命的护身法宝。我到达我天堂的楼梯脚下，心怀可怕的悲痛，全然可与彼时身处安道尔，在山岳前感到的那阵悲痛相提并论。不过，和当时在安道尔一样，我再次找到了勇气，去抵抗那竭力将我留住的无形力量。我胜利了。

这栋楼一共有三层：每层都有一扇开着的门。在房间里，在床头柜上，我看到其他的太阳系和我自己的一样完美而完整。"耶路撒冷早已知晓！"

它们已然与我在同一时间洞悉了谜团。在第三层，我偶然发现了一扇小尖顶拱门；门关着；我知道，如果打开这扇门，我便会身处世界的中心。我开了门，一座螺旋式楼梯出现在眼前；我沿梯而上，发现自己来到了一座塔中，塔内有一个环形房间，墙上有五扇透光的牛眼窗[1]：一扇红色，一扇绿色（地球及其植被），一扇透明（地球及其子民），一扇黄色（太阳），一扇淡紫（月亮、黑夜、未来）。一根木柱从天花板上伸出来，作为这奇怪空间的中心轴，穿过一张五边形桌中心，桌面铺有一小块布满灰尘、破旧不堪的红色桌布。依我看，桌上这片显眼的狼藉定是上帝和上帝之子的杰作：狼藉遍布于摆在那里的各色物品之间，狼藉装置于人类机械的齿轮之中——正是这停摆的人类机械，令世界陷入痛苦、战争、穷困和无知中无法自拔。

时至今日，我依旧能清楚地看见那些物品的模样：两块雕刻成大号锁眼形状的厚实木头——一

1　一种有装饰性的窗户，通常设置在楼房的上层，多见于法国巴洛克建筑内。

只盛有金粉的粉色小箱子——若干实验室用的厚玻璃浅碟，一些为新月形，一些为半月形，剩下的则是完美的圆形（我似乎记得有些是三角形的）——一个长方形的锡盒，贴着写有佛朗哥名字的标签，里面装有一小块尘土——最后是一只金属圆盘和一枚耶稣勋章。三个矩形水槽被固定在这个环形房间的墙上，构成一个三角形，其材质是哪种金属我无从辨认，因为水槽的外壁很脏，内侧又覆了一层厚厚的油漆。第一个水槽是淡紫色的，第二个是粉色的；第三个的颜色我记不得了。每一个水槽侧面都开了个孔，大勺子的勺柄从中穿过。

我首先将圆盘摆到立柱旁边，又在圆盘上放了两块木头（雄性与雌性）。接着，我将全部金粉都撒于其上，意思是让财富覆满世界。我再把浅碟放到水槽中，把耶稣勋章以及写有佛朗哥名字的锡盒揣进衣兜里。如同打开**意识**之门那样，我打开了所有窗户，除了淡紫色的那扇：**月亮**那扇，因为我的"月相循环"，我的经血周期，早已停了。完成**任务**之后，我走下楼梯并返回了"埃及"。

．
．
．
．
．
．
．
．
．
．
．
．
．
．

1943 年 8 月 27 日，星期五

返回科瓦东加馆的路上，身后跟着阿塞古拉多夫人的我，遇到了唐马里亚诺——"天父"，如往常一样身着一袭黑袍，腹部的位置有一小块早已变干的食物残渣。他正看着一个十分可怜的孩子，后者在哭着捡拾枯叶。我询问这个孩子到底做了些什么。唐马里亚诺回答道："他从我的果园里偷了一颗苹果。"

我勃然大怒，冲他吼道："可你有许多苹果啊！你德行如此，难怪这世界连连'卡住'、充满不幸。不过我刚刚在塔里打破了你那阴险的魔咒，现在，

世界从它自身的苦难中解脱了。"

席尔瓦侯爵的孙子从我们身边跑过，这位"教养颇佳"的孩童的出现让"天父"感到欣慰，于是他冲孩子慈祥地笑了笑。

我回到了"埃及"，被神圣家族的言行恶心得不轻……透过卫生间的窗户，我许久凝视着一片忧伤而葱郁的风景：平坦的田野延伸至大海；海边有一片墓地：未知与死亡。

我从阿塞古拉多那里得知，科瓦东加（唐马里亚诺的女儿）就埋葬在那片墓地里。阿塞古拉多夫人常常跟我提起科瓦东加，后者的去世裹着一团谜云；我相信是唐路易斯为了让她更完美而将她折磨至死，和他对我的折磨如出一辙。我认为，唐路易斯渴求从我身上找到另一个姊妹，这姊妹比科瓦东加强大，足以承受后者经历的苦难，并同他一起抵达巅峰。但在这件事上，我依赖的并非自身的力量，而是技能。我认为，在圣马丹-达代什时，我就已经被施了催眠术，并被某种神秘的力量吸引到桑坦德。

一天，唐路易斯试图让我粗略画出一幅那次旅行的地图。因为我没法做到，他从我手中抢走了铅笔，自己开始画起来。在中央，他写下字母"M"来代表马德里（Madrid）。正是在那一刻，我的思维瞬间变得清晰：这个"M"不是指整个世界，而是我（Me）；这个事件关乎的仅我一人；如果我可以将那次旅行重新来过，那么在我抵达马德里之时，便会控制好自己，会在思维与自身之间重新建立起联系。

我探访"深渊"后不久，唐路易斯决定安排我住进阿玛楚馆；这座馆宅位于花园围墙之外；除了我和我的随从们，那里不会住其他人。我为何感到自己再次"卡住"了，陷入了巨大的悲痛之中？我为何怀疑他们认为我不配住到伊甸园里？我终究要将在"埃及"（也就是科瓦东加馆）遭受的苦难抛之脑后。

我新住处的名字"阿玛楚"，以及住处是栋木质楼房这个事实，让我联想到中国——它位于科瓦东加馆（埃及）和"深渊"（耶路撒冷）中间。跟随在我身边的，还是皮亚多萨、何塞和阿塞古拉多夫人；唐路易斯之前告诉我，他认为没有必要继续给我注射戊四氮。他当时还补充道："这栋楼将是你一个人的，它是你的家，你要为它负责。"不过，"家"这个词被我赋予了更为广阔的、宇宙般的含义，数字"6"是它的象征。

虽然唐路易斯对我表示信任，虽然这小屋其貌不扬——也正因如此，我心中未生猜疑——在我踏入将若干屋子分隔开的室内走廊时，感觉自己仿佛是一只被困在迷宫里的老鼠。走廊两侧的房门看上去就像是直接从墙体切割出来的，曾经是墙的一部分，所以关上门后，它们变得几乎隐形了。置身于此的我所面对的，是一则中国谜语，须用我在"埃及"获得的知识去破解。

一天，唐路易斯通知我，说一直陪伴我至二十岁的保姆来了。她在军舰的狭小船舱中度过了十五天的可怕旅程后，无比兴奋地抵达此地。她并未料到会在疯人院中找到我，以为她即将看到的，还是四年前分别时那个健康的姑娘。我接待了她，表现得冷漠且充满猜疑：是我那怀有敌意的父母派她来的，我清楚她来的目的就是将我带回他们身边。我的态度让保姆很难过，她变得紧张起来。阿塞古拉多夫人认为，保姆的到来着实令人遗憾，虽然对我来说并无危险。保姆自觉受到伤害，而且因为有另一个女人取代了她的位置，待在我身边，也感到分外妒忌。在我看来，她们的妒忌成了一种宇宙问题，一项我在阿玛楚馆这座家园里必须达成的任务，但几乎无法完成。当我带着阿塞古拉多夫人去大花园时，我会交给保姆一些任务，好让她待在屋内。每天上午都这样遵循着仪式，每天十一点整。

　　我会做好进入天堂大门的准备；我们从门槛处俯瞰了整个庄园和山谷；我的喜悦如此彻底，以至于会迫使自己暂停几分钟，让欣喜万分的双眼望向一块十分葱郁的草地，一个拿着棍子的小男孩正在那里看管一些牛。接着，我们会沿着通往"深渊"的那条宽巷走；我们穿过一座凉亭，我在那里坐了下来；围绕在我四周的是*伊甸园*，我左侧是唐路易斯的车库，我总期望在那儿看到他到来。我会待在那里不动，警觉而安静，并允许阿塞古拉多夫人进入"深渊"。一小会儿之后她便会出来，端着托盘，盛有一杯牛奶、饼干、蜂蜜和一支金烟叶的香烟：这众神之餐，我在狂喜中细细品味。我开始发胖。随后，我会进入我那亲爱的"深渊"；我会穿过门厅直接走到图书馆：这是个长方形的房间，配有一张写字台和一个小书柜。图书馆连接着另外两个房间：某一天，左边的那扇门半开着，我凭借在科瓦东加馆时看到的幻象认出了这间房，天花板呈拱形，颜色涂成了天空的模样。我立即称其为我的房间，*月亮*的房间。另外一间位于右侧的屋子，是*太阳*的房间，我的雌雄同体。我会挑一本乌纳穆诺[1]的书，随后坐到桌旁，他在书中写道："感谢上帝：我们拥有笔与墨。"那一刻，住在"深渊"的吉卜赛女人安赫利塔（实际上，她是一名护士）会带给我一

1　指米格尔·德·乌纳穆诺（Miguel de Unamuno，1864—1936），西班牙"九八年一代"作家、哲学家。

支笔和一些纸。我会算出当日的星座运势，并委托她转交给唐路易斯。

图书馆通向一个很大的露台，我会在那里小憩片刻。我坐在莫拉雷斯家的餐厅楼上，沉浸在"深渊"的氛围中。随后，我会沿着往左的台阶下楼，到花园后面那片区域；小山坡上矗立着一座残败不堪的凉亭；阿塞古拉多夫人会替我搬来一把椅子，我会坐在那里，目光越过铁门望向山谷，然后开始琢磨三个始终令我着迷的数字：6、8和20；经过漫长的运算过程后，我会得到1600这个数字，伊丽莎白女王的形象映入脑海……当时，我觉得自己就是她的化身。接下来我会走出凉亭，绕着小山坡走，坡后挖了一个类似洞穴的地方，用于存放园艺工具。枯叶成垛地堆积在那儿，在我的想象中，枯叶堆形似一座坟墓，对我来说，它是科瓦东加的坟墓，也是我的。

一天，我在花园后面的那条小路上遇到了唐路易斯，问他是否愿意和我一起去中国。他回答道："我愿意；但你不应该这么问任何人，你话讲得太多了。要学会将占据你大脑的事情放在心里。"
（这是我首次心理抑制的信号，我进入封闭主义的
信号。）随后，他交给我一根手杖，将它唤作我的
哲学之杖。这根手杖陪伴我每日散步……后来，我
走进花园，走到了苹果树下，然后在中午开饭时回
到阿玛楚馆。

到了晚上，我会去拜访住在皮拉尔馆的摩纳
哥王子；我们会一起听安道尔电台的广播。我开心
地坐在那里，与此同时，王子在打字机上快速地敲
打无尽的外交信函。每当他停止打字，我俩便会极
其严肃地交流想法。他的房间贴满了地图；我尤为
感兴趣的一张是法国和西班牙北部的地图，在这张
地图上，红色铅笔标记出了我的旅程。我相信，王
子是在教给我一些关于这趟旅程的事情。

唐路易斯会在半夜来拜访我；他在那个时间
点出现在我的房间里，激起我对他的某种欲求。他
温和地同我交谈，我相信他是来检查我的妄想症的。
不等他提问，我就会说道："我没有妄想症，我只
是在玩儿。你什么时候才能不再要我了呢？"看到

我头脑清晰的样子，他会惊讶地盯着我，随后笑起来。我会问："我是谁?"同时在想：对你来说，我是谁?

他不作回答便会离开，疑虑全无。

在头脑清醒的某个瞬间，我意识到有必要除掉那些栖居在我身体里的大人物。但驱逐伊丽莎白的这份决心，是我仅剩的需求：在所有人物中，我最不喜欢的就是她。我生出了这么一个想法——在我的屋子里构建她的形象：一张三脚小圆桌代表她的腿；至于身体部分，我在桌子上放了把椅子，椅子上再放个雕花玻璃醒酒瓶，代表她的头。我往醒酒瓶里塞入大丽花以及黄色和红色的玫瑰——这代表伊丽莎白的意识；接着，我给她穿上我的衣服，在桌腿旁边的地板上摆放了阿塞古拉多夫人的鞋。

我重新构建了这个形象，如此一来，它便可以离开我了。我必须清除疾病为我带来的一切，驱逐这些人格，之后才能开启自身的解放。

我为自己的成功感到开心，穿过花园，走在前往"深渊"的路上时，我突然注意到，一处旧炮弹

坑里已长出一大丛芦苇；我不由自主地将其命名为
"非洲"，并动手收集枝叶，用它们装扮全身。我欲
火焚身地回到了阿玛楚馆。不出意料，唐路易斯在
我房间里，忙着检查伊丽莎白的"人偶"。我在他
身旁坐下，他抚摸我的脸，然后将手指轻柔地伸到
我嘴里：这个举动令我感受到真正的愉悦。随后，
他拿出我的记事本，在其中一页写道："要么登堂
入室，要么沦落庸常。[1]"于是，我逐渐开始习惯
性地渴望他，每天都给他写信。

　　一天，吃午餐时，我被自己屋内一种令人作呕
的气味弄得很烦躁——邻近的农田里正在施粪肥。
我无法理解，"天父"为何会允许我的餐食被毒物
侵害。愤愤不平的我从桌旁起身，身后跟着阿塞古
拉多夫人，到唐马里亚诺的私人餐室去找他。唐路
易斯转身朝向我的护士，用德语跟她说话；我因为
听不懂他在说什么而感到恼怒，因为他在和她而不
是和我说话而感到嫉妒，我便坐到他俩中间。我在
头脑十分清醒的状态下观察到，我正被一股在他俩

1　原文为西班牙语谚语"O corte, o cortijo"。

之间交互的电流穿过。为了证实电流的存在，我站起身来，从他俩身边走开，瞬间感到电流从我身体里溜走了。我知道，这股电流正是他俩对我生出的恐惧的流体。

唐马里亚诺准许我搬走，就这样，我被接到了"深渊"居住。我的保姆因为害怕住在大花园中，怕在花园里遇到疯子，便竭力说服我不要去"深渊"安顿下来。她说那是个危险又邪恶的地方。由于我十分坚持，她最终不得不妥协。

我终于来到了那个有拱形天花板的房间，也就是我在患病初期的某次幻象中见到过的那个。房间和在幻象中见到的一模一样，只是面积小些，另外，涂刷过的天花板其实是平面的，不是拱形的；我走进屋中，不带一丝情感，几乎感到失望。正当我仔细地检查窗户，想确认上面没有安装麦克风时，一只硕大的蜻蜓飞了进来，落在我的手上，几只脚紧紧抓住我的皮肤。它颤动着翅膀，抓我抓得如此之紧，仿佛永远不会离开。接下来的几分钟里，我就这么一直看着它，端着手一动不动，直到蜻蜓落到地砖上，死了……

那天晚上的晚餐时分，当我走进"深渊"的环形餐厅时，我被告知可以选择桌子；我意识到，我必须在环形空间中找到自己的位置，且座位要和门左侧呈四十五度角，只有这样，我才能最方便地拦截厅内全部有趣的电流。

几天之后，唐路易斯首次提出我可以外出：我们开车去拜访一些人。我们探望了一名年轻孕妇，唐路易斯给她打了一针（我认为注射的是戊四氮，而我就是她腹中的胎儿）。她送给我一包烟，他们把我独自留在黑暗的起居室中。我跑到书柜边，找到了一本《圣经》，随意翻开一页。那一段恰好写到圣灵降临于众圣徒身上，并赋予他们掌握所有语言的能力。我便是圣灵，我相信自己正身处地狱边境，也就是我的房间——在这里，月亮和太阳在黎明和黄昏相会。唐路易斯进来时，身边跟着那位年轻的女士，她和我用德语交流，我听懂了，虽然我并不懂这门语言。她把那本《圣经》送给了我，我把它紧紧地夹在臂下，急切地想回家，握住我那根

哲学之杖——这次拜访，唐路易斯不允许我将它随身携带。

我走进馆宅的图书馆时，发现保姆手里正拿着我的手杖。她说，为了对付关在这里的精神病人，她需要这根手杖自卫。她怎么能用我那最为亲密的伙伴、我获取*知识*最可靠的法宝，来做这种事呢？在那一刻，我恨她。

第二次是坐马车出行的。唐路易斯带我去桑坦德和一名殡葬承办人见面，并且在那儿给我租了一辆由小黑马牵着的马车。我旁边坐着一个很小的男孩陪着我。我将马车驾得飞快，最后快到令人晕头转向，与此同时，那个兴奋不已的小男孩喊道："再快些！再快些！"在一条宽阔的大街上，我们遇到一群士兵，他们正一起唱着："哎，哎，哎，不要看向河里的自己。[1]"我回了疗养院，坚信自己完成了一项无比重要的行动。

一天上午，唐路易斯建议我开始读书。他交给阿塞古拉多夫人一份书单，并嘱咐她带我去书店。

1　原文为西班牙语歌词"ay, ay, ay, no te mires en el río"。

面对如此多的书，我安静下来，十分高兴，希望自己能获准随意挑选。但我感到自己的手并未伸向心仪的书，而是向反方向伸去，挑出来的书我一点都不想读。那一刻，我注意到阿塞古拉多夫人正站在我身后；她给我一种人形吸尘器般的感觉。我每次从书架上取下一本书，都会查看一下书单，希望那本书不在书单里：但每次都事与愿违。我祈求她放过我的大脑，要求自身意志获得解放。我满怀愤怒地回到家中。阿塞古拉多夫人表现出一副消极、无动于衷的姿态，仿佛她并不在场。我刚进家门，唐路易斯就出现了。我朝他吼道："我不接受你针对我的蛮力，不接受你们任何一个人的力量；我想要行动和思考的自由；我憎恶并且拒绝你那催眠的力量。"他抓住我的胳膊，把我领到一座空置的馆宅。

"我是这里的主人。"

"我不是你住所的公共财产。我，像你一样，也有自己的想法和价值观。我并不属于你。"

突然，我哭了起来。他抓着我的胳膊，就在

那时，我惊恐地意识到他准备给我注射第三剂戊四氮。我向他保证，如果他放弃注射，我会竭尽所能献出一切。在路上，我捡起一颗小小的桉树果，相信它能对我有所帮助。他将彻底溃败的我带到普通放射馆。我屈从地同意接替他姊妹的位置，去经受最后的苦难，在那之后，科瓦东加将以我的面貌重返人间。

房间里的墙纸背景是红色的，上面画了银松；在极度恐慌中，我看到了雪中的松树。在一阵阵痉挛中，我重新体验了一遍首次注射时的痛苦，重新感受到初始剂量的戊四氮引发的残忍体验：身体无法动弹，僵直，现实变得可怕。我不愿闭上双眼，心里想着，献祭的时刻已然到来，我已决心竭力抗争。

全身僵硬的我被带到"深渊"。保姆不知疲倦地重复着同一句话："他们对你做了些什么……他们对你做了些什么？"她在我床边哭泣，以为我已经死了。但我并未被她的悲伤打动，反而觉得恼怒，因为我感到即便在那个时刻，我父母仍旧试图通过保姆把我拉回到他们身边。我把她赶走了；但就算退到了隔壁房间里，我还是受着他们意志的吸力之害。我知道她是什么时候离开的。最终，我毫无疼痛地进入了这种治疗后通常会出现的虚脱状态。我醒来时，唐马里亚诺就在我床边。他建议我不要回到父母身边。就在那时，我的头脑重新变得清晰起来。我那些宇宙物件、我的晚间面霜和美甲锉，都不再重要了。

也就是在那段时间，埃切瓦里亚出现了。我当时正坐在花园里，那个叫唐贡萨洛的病友向我走来，并交给我一本书，说是埃切瓦里亚送的，还说埃切瓦里亚因病卧床，对于无法亲自送书这件事向我致歉。两天后，我在图书馆见到了一个面色灰暗、身着厚衣的小个子男人。他就是埃切瓦里亚。他谈起我的祖国时很亲切。在餐厅里，他坐到我旁边的餐桌，和蔼地盯着我看了许久，最终说道："你不会在这里待太久的。"

喜悦的心情在我心中缓慢生长：和我交谈的，是一位有识之士，他不让我感到恐惧，认真待我且富有同情心。我跟他说起我可以控制动物。他未流露出丝毫讥刺地答道："对于像你这样敏感的人来说，拥有对动物的掌控力是件自然的事。"我还了解到，戊四氮是普通针剂而非催眠的产物；了解到唐路易斯并非魔法师，而是卑鄙之徒；了解到科瓦东加馆、阿玛楚馆和"深渊"并非埃及、中国和耶路撒冷，而是囚禁精神失常者的馆宅；了解到我应该尽快逃离。埃切瓦里亚帮我将神秘事物"祛魅"——我被包裹其中，而人们似乎乐于在我周围加深这种神秘。

我们就欲望这一话题交谈许久之后，埃切瓦里亚建议我与何塞做爱。那一刻起，我便不再对唐路易斯感兴趣，开始对何塞产生肉欲。我会挑花园中各种隐蔽的地点与他约会，在阿塞古拉多夫人和梅塞德丝的监视下，我们会亲吻对方，但草草了事，并不舒服。何塞对我颇有好感。他常拿给我许多香烟……

我离开的时候，他哭了。

·
·
·
·
·
·
·
·
·
·
·
·

　　我在桑坦德有一个远房表亲，他在另一家医院工作，那是一家规模颇大的全科医院。他是一名医生，名叫吉列尔莫·希尔，我认为他和我住在柴郡的姓班福德的祖母家有亲戚关系。他有一半英国血统一半西班牙血统。我俩的相遇纯属巧合。他到了疗养院，他们却不想让任何人见我。但鉴于他的医生身份，加上他十分坚持，于是我和他见了面；他说："我想邀请你喝茶。这件事他们无法拒绝。"他们的确没有拒绝。我们聊了天，最后他说："我会给驻马德里的英国大使写信，把你救出来。"他确实这么做了。他们把我和我的看护人阿塞古拉多夫人送到了马德里。

那天是新年前夜，我记得特别清楚。天气冷极了，我们暂时被困在阿维拉，圣女大德兰便是在那里出生的。我们看到一列长长的火车，许多车厢里都载满了因寒冷而嘶叫的绵羊。那景象太可怕了，西班牙人对待动物常常十分残忍。直到我去世那天，我都会记着绵羊们悲惨的模样。如同身在地狱。我们被困了好几个小时，不知道是什么原因，我耳边一直响着极为可怕的、地狱般的哀号，而且我还和阿塞古拉多夫人单独待在一起。

我们抵达马德里之后，住在一家相当昂贵的大型酒店里。这段经历谈起来有些麻烦，因为帝国化学工业公司在任何事情上都要插一手。那位公司负责人再次出现，他获得准许，可以携带我外出午餐，有时候晚餐也行，不需要阿塞古拉多夫人陪同。一天晚上，他和他妻子带我去吃晚餐。鉴于我刚刚从疯人院出来，两人都十分害怕我。我看得出，他妻子不愿意递给我刀叉。我一忍再忍才没笑出来，真的太好笑了。她被我吓呆了；他俩都是。之后，她再也不愿意见我。在马德里的社交圈，将我带在身边，实在过于令人担心。

在一个多风的夜晚——别忘了，那是冬天，马德里当时特别冷——我随他去了一家十分奢华的餐厅，席间他说："你的家人决定把你送到南非的一家疗养院，那里环境不错，你会很开心的。"

我说："对此我不确定。"

他补充道："我还有个提议，当然只是个人想法：我可以在这里给你一套不错的公寓，这样我就能经常来看你了。"他摸上了我的大腿。

因此，彼时的我需要做出一个重大决定：要么坐船被运到南非，要么和面前这个恶心的男人上床。我很快起身跑进卫生间，但出来时仍无法做出任何决定。我们正要离开时，一阵狂风将餐厅的金属广告牌掀落，恰好砸在我的脚边。我差点就被砸死了，于是我转过身对他说："不。我不愿意。"那便是我全部的回答。多余的话，也不必讲。

"那你选择先到葡萄牙然后到南非啰。"他说。

为了将我送走，他们打点好了一切，阿塞古拉多夫人也回了桑坦德。我被安排坐上火车，随身携带各种莫名其妙的证件。我早先把它们都送人了，结果似乎又全都回来了。我要被送走了。它们替我感到羞耻。

我当时告诉自己："我不会去南非的，我不会再被关进疗养院里！"我却没有想到在到达里斯本之前就偷偷下车。

我在里斯本下了火车，帝国化学工业公司的一行人已等候在那里：两个神似警察的男人，以及一个十分冷峻的女人。他们对我说："你可真幸运，马上就要和那个什么夫人一起住到埃什托里尔[1] 的好房子里了。"

到那时我已经明白，你不要和这种人对着干。你必须比他们的脑筋转得更快。因此我回答道："应该会很不错呢。"

我们到了埃什托里尔的一栋房子里，那儿离里斯本只有几英里远。房间里的洗澡水不到半英寸深，还养了许多鹦鹉。我在那里度过了一夜，颇为认真地进行了思考。第二天，我说："天气越来越恶劣

1 　埃什托里尔（Estoril）是葡萄牙的一个城镇。

了，手冻得不行。我必须戴手套。帽子我也没有。"

我当时想的是——去里斯本！这想法居然实现了。那个什么夫人说："你当然得去。没人会不戴手套就外出。"就这样，我们出发了。到了里斯本后，我对自己说："成败在此一举。"我必须找到一家足够宽敞的咖啡馆，随后"啊"地大叫一声，并紧紧捂住腹部。"我得去趟卫生间。""好吧，你赶紧。"她说。她把我领进咖啡馆。我之前的判断是正确的：这家咖啡馆有两道门。我偷偷溜出去，上了一辆出租车——我身上应该有些钱，是用来买手套的——然后用西班牙语对司机说："去墨西哥大使馆。"

在马德里，我再次遇到了雷纳托·勒杜克。我之前在一场下午茶舞会上遇见过他。我被允许看别人跳舞，但毫无疑问，我自己不可以跳。当时我和我的看护人阿塞古拉多夫人在一起——我是在巴黎时认识勒杜克的。他是毕加索的朋友——我告诉了他我的经历，随后问道："那你到底会去哪儿呀？"我俩不得不用法语匆匆交流了几句，阿塞古拉多夫人听不懂。雷纳托对我说："里斯本。"

就这样，我来到了墨西哥领事馆，那儿有一群我从没见过的墨西哥人。我问他们雷纳托在吗，他们回答说不在，不知道他什么时候才会到。我告诉他们我会留下来等他。他们表示反对，说"这位小姐，可是……"之类的。于是我说："警察在抓我。"其实这多少也符合事实。随后他们说："既然这样……"然后眨眨眼睛。"那你就在这里等雷纳托吧。"

后来，大使十分热情地接待了我。我当时一定是进去找他了，他说："你正在墨西哥的领土上。就算英国人来了，也没法动你一根汗毛。"我忘记雷纳托是什么时候出现的了。最终，他说道："我们得结婚才行。我知道这对我俩来说都很糟糕，因为我们不信这种东西，但是……"那时的我，对自己的家人，对德国人，都感到惧怕。第一次见到雷纳托时，我便觉得他很吸引我，我现在依旧觉得他非常迷人。他的脸庞黝黑如印第安人，头发却很白。不，我神志完全清醒。我只是觉得，只要能不被送去非洲，落入我家人设下的陷阱里，任何事情我都愿意做。

后来，马克斯出现了，他身边还有佩姬·古根海姆，大家变得形影不离。说来奇怪，每个人都拖家带口，甚至带着前夫和前妻。我当时觉得，马克斯选择和佩姬在一起，这件事不太道德。我知道他并不爱佩姬，直至今日我都怀有某种如清教徒戒律般严苛的道德洁癖——如果你不爱一个人，就绝不要和那个人在一起。佩姬却饱受非议。她是个颇为高尚、慷慨的人，从来不会让人感到讨厌。她主动提出要替我承担前往纽约的机票费用，这样大家就可以一起离开。但我不愿这样。我当时已经和雷纳托在一起了，我俩最终坐船到了纽约。我在纽约住了将近一年，直到我们搬去了墨西哥。

这就是所有的故事。

1946 年，我的儿子巴勃罗出生时 [1]，我母亲到墨西哥来探望。但我俩从未谈起关于这段时间的事情。对我母亲那一辈的英国人来说，这种事不可讨

1　玛丽娜·沃纳在导读中说巴勃罗生于 1948 年，与此处矛盾。

论。那是我母亲独特且颇为复杂的性格中的一面。

有人会觉得，当年，我父母也许会亲自去桑坦德。但你也知道，他们确实没有去，只是派去了保姆。你可以想象，保姆会说的西班牙语少得可怜。她能到疗养院，就已经是个奇迹了。何谓恐怖，即一个人的愤怒被残忍扼杀。我从未真正感到愤怒。我觉得自己没有时间。渴望作画的想法折磨着我。当我远离了马克斯，和雷纳托刚在一起的时候，我立即拿起了画笔。

我再也没有见过我父亲。

1987 年 7 月于纽约

口述给玛丽娜·沃纳

Note on the Text 文本说明

1942 年在纽约首次以英语写成（文本现已丢失）。1943 年用法语口述给让娜·梅尼昂，由维克托·略纳从法语译为英语后，于 1944 年 2 月在《VVV》杂志第 4 期上发表。法语口述原稿由巴黎 Editions Fontaine 出版社于 1946 年出版。法语口述稿和维克托·略纳的英译都被用作此文本的基础。1987 年，莉奥诺拉·卡林顿对其进行了校阅和修订，以确保事实的准确性。

©Emérico Weisz

"我感到，以太阳为媒介，

我就是双性人、月亮、圣灵、吉卜赛人、杂技演员、

莉奥诺拉·卡林顿以及女人。"